禁足怪談

野晒《のざら》し村

湧田束
三石メガネ
三塚章
104

竹書房文庫

イラスト・エザキリカ

禁足怪談
野晒《のざら》し村

目次

母たちの役目　三石メガネ……7
骨の家　三塚　章……89

讐愕旅行　104……125
山の子供たち　三塚 章……151
野晒し村　湧田 束……187

※本書は、小説投稿サイト〈エブリスタ〉に投稿された作品「野晒し村」（湧田 束）、「母たちの役目」（三石メガネ）、「骨の家」「山の子供たち」（三塚 章）、「怨結び２０１８収録・讐愕旅行」（１０４）の五作品に加筆修正し、一冊に纏めたものです。

母たちの役目

三石メガネ

柳　総介

二年前、友人夫婦の新居に行ったときの話だ。

初めて訪れたときの生ぬるい不快感を、今でも覚えている。


「おう、久しぶりだな」

白を基調とした広い玄関で出迎えてくれたのは、大学の同期である吉野圭司ことケイだ。サークルでやっていたテニスをまだ続けているらしく、こんがりと日焼けしている。背は同じくらいだが、ひょろりとした俺とは正反対で体格がいい。

「一年ぶりだっけ？　前に呑んだのって」

話していると、玄関の正面にあるドアが開いた。リビングに通じているらしい。出てきたのは、同じく同期だった美浜明日香だ。四年前に卒業し、二年後に吉野明日香になった。

「総介いらっしゃい。どうどう？　この家」

するりとケイの横に立つ。いつも元気なイメージのある彼女は、今日も目の覚めるような赤のスカートを履いていた。母親になったからなのか、学生時代にはロングヘアと短めのスカートだった彼女が、長めのボブカットとマキシ丈スカートになっている。

「良い家だなあ、ほんと。しかも角地って高いんだろ？」

「ふふふ」

二人が顔を見合わせて笑った。なんだか意味深だ。

この辺一帯は、田んぼを埋め立てて造られた閑静な住宅街だ。新興住宅地の最後の一戸だったらしい。角地が最後に売れ残るのかと首をひねったが、その分値が張ったからだろう。それくらいの優良物件ということだ。

最近彼女と別れたばかりの俺とは違い、彼らの人生は順風満帆なようだ。

「これ、新居祝い」

紙袋を差し出す。中身は無難なカタログギフトだ。

「おっ、悪いな」

「上がって上がって。コーヒー入れるね」
背を向けた二人のあとに続き、上がり框を跨ぐ。

そのとき、首筋に何かを感じた。

振り向くが何もない。湿った吐息のようにも思えた。朝方捨てた生ごみを思い出させる不快感だ。けれど新居のこざっぱりとした白とは正反対で、俺は気のせいだと自分に言い聞かせた。

……あとから思えば、これが始まりだったのかもしれない。

その後は和やかに談笑した。リビングの中央に置かれた四人掛けの木製テーブルを囲み、手製のケーキをごちそうになる。二人の愛娘であるきららは右奥のソファで昼寝中だったが、三歳らしい無垢な寝顔に癒された。
「寝てるときは楽だけど、起きてるときはてんてこ舞いだよ」
「今一番危ない時期なのよね。こないだも勝手に鍵開けてベランダに出ちゃって、よじ登ろうとしてんの。さすがに身長的に無理だったけど、まいっちゃう」

ケイと明日香が嬉しそうに不満を語る。幸せな家族の中にしばらく浸ったのち、夕方には辞去した。

「夕飯くらい食べてけば良いのに、もう」

明日香の言葉にケイも加勢する。

「一人で食うよか良いだろ？　……あんま引きずんなよ」

曖昧に笑みを返し、真新しいドアの外に出る。

ケイが言っていたのは、俺の前の彼女のことだ。なんとなくで付き合い、なんとなくで別れた。それを大ごとに捉えているのは、よほど俺の表情が冴えなかったからだろう。


けれど、原因はそこじゃない。

あの家は妙に居心地が悪いのだ。腹の底が冷えるような感覚と、睨まれているような落ち着かなさを感じた。

もちろん二人の前でこんなことは言えない。どう説明していいかも分からない。学生時代の恋心を引きずり、心のどこかで妬んだがゆえの妄想なのかも。だとしたらみじめなものだと自嘲する。

今では心から二人を祝福している……はずなのに。


とにかくあの家から出たくて、俺は一人帰路についた。

明日香から連絡があったのは、その三日後のことだった。


「ケイがいないときに良かったのか？」

平日の夜、再び吉野宅に足を踏み入れた。

リビングの奥、カーテンの閉められたテラス戸のそばで、きららが黙々と人形遊びをしている。

「良いよ総介だし……それに、最近はこんな早く帰らないしさ」

夜の八時だ。ローンのために残業続きということだろうか。

「ご飯食べた？　まだならあるよ、残り物だけど」

「いや、大丈夫。それより」

急に呼び出した理由は何か。明日香の疲れたような表情からして、あまり良い理由ではなさそうだ。

「……あのね。あの人って、浮気とかできるタイプ？」

ソファに挟まれたガラステーブルに二人分のコーヒーが置かれた。

彼女が対面に座る。突然の質問に面食らったが、少し考えて答えた。

「したとしてもすぐバレるだろうな。顔に出るタイプだから」

「私もそう思う」

神妙な顔で即答し、明日香は続ける。

「最近、急に帰りが遅くなったんだよね。それだけならローンのために頑張ってるんだなって思うんだけど……ずっとイライラしてるっていうか、私に当たりが強くなってきてさ。きららにはそんなことないのに」

右奥の少女に視線を移す。昼の話では活発とのことだったが、今は随分と大人しい。おかっぱ頭を下げたまま何かを見つめている。右手の人差し指で、しきりに床の上を指さしていた。

「帰ってきたって、夕飯は外で済ませてばっかり。私のごはん、まずいのかなあ」

「そんなことないだろ」

手料理を食べたこともないのに、つい否定してしまった。明日香が一瞬驚いたような顔をして、すぐにふわりと笑う。

「……ありがとね、総介」

「いや……なんか思い当たる節はないのか？」

思わず目を逸らす。きららを見ると、まだ俯いて床に指を押し付けていた。

「とにかく最近文句が多くて、うるさいとか臭いとか虫が気になるとか……帰ったら文句ばっかり。掃除ちゃんとしてるんだけど、なんかときどき生臭いらしいのね。私は全然分からないから、疲れてるせいじゃないかって思うんだけど。本人に言っちゃうときっと怒るから」

「うるさいってのは？」

何度見てもきららは大人しすぎるくらい静かだ。それにしても、あの子の周りだけ床が黒ずんでいるのはなぜだろう。

「夜に話し声が聞こえるみたいで、寝不足気味なんだって。私は寝てて全然気づかないんだけど」

お隣さんの声だろうか。明日香の方が神経質そうなのに、意外だった。

「あとは、ここ虫が多いんだよね。どこから入ってくるんだろ。網戸閉めてるのに」

「破れてるんじゃないか？」

テラス戸を見る。今はピンクベージュのカーテンが引かれ、ガラス戸がどうなっているかは見えない。そのすぐ手前で、きららがしきりに床を指さしている。

「……きららちゃん？」

腰を浮かし、近づいた。床の汚れが動いた気がした。明日香も首をかしげて娘に歩み寄る。

ようやく俺は、彼女がずっと何をしていたかが分かった。

「何してるの！」

明日香がヒステリックな声を上げ、きららの手首を引っ張り上げる。小さな体は持ち上がり、無理やり立たされた。天を指す人差し指の先が、黒い汁に塗れている。

床は虫たちの処刑場だった。

幼い指先に潰された羽虫が、黒い染みとなってフローリングに張り付いている。ねちゃねちゃとしたまだら模様の中に、点々と千切れた羽が散らばっていた。

「なんでこんなこと……虫さん可哀想でしょ？」

明日香が、動揺と苛立ちを抑えたような声で諭す。

「遊んでたんだもん」

「虫さんは楽しくないよ、痛いよ。……それにこんないっぱい、どこから入ってきたの？」

カーテンをめくろうとして気が逸れた明日香の手を、きららは思い切り振り払った。厚ぼったい一重の奥の目がぎらついている。

「遊んでたんだもん！」

頭に響くような高い声で叫び、逃げ出そうとする。俺はとっさに、胴に手をまわして止めた。まずは手を拭かなければと思ったからだ。

その瞬間、鋭い痛みが走った。

「つっ……」

怯んだすきにきららは走り去り、リビング右奥の階段を駆け上った。

長袖をめくると、手首の近くに歯型が付いていた。小さく赤い点の列は虫にそっくりだ。

「だ、大丈夫？」

明日香が俺の手を取った。いつも血色の良かった頬が白い。

「よそのおじさんが来たから機嫌損ねちゃったのかな」

「そんな……。普段はこんなことしないんだよ」

「虫を殺したりも？」

「当たり前でしょ！」

言ったあと、はっとしたような明日香と目が合う。

「ごめん……せっかく来てもらったのに、散々だよね。埋め合わせ絶対にするから」

「いや、大丈夫だよ。今はきららちゃん優先にしよう。なんかあればいつでも聞くから」

「ありがとう……」

見慣れないおじさんが来たから怖くなって、普段とは違う行動をしたのかもしれない。そう思って玄関で靴を履く。憔悴した顔で見送る明日香の後ろで、黒い影が動いた。きららだ。

「じゃ、おやすみ」

気づかないふりをして家を出た。

夜風に吹かれ、初めて冷や汗が出ていたことに気付く。

ドアの隙間から、きららは怖がりもせずにこちらを見ていた。丸い目をさらに見開いて、瞬きせずに歯を食いしばっていた。その瞬間、以前と同じ湿った吐息をはっきりと首筋に感じたのだ。かすかな生臭さまで嗅ぎ取れたのだから、もう気のせいではない。


自分のアパートに着き、いつの間にか強張っていた肩の力を抜いた。

溜息をついてベッドに腰かける。

大体、どうして明日香は呼び出したのだろう。相談事ならラインで済むはずだ。ケイの様子以外にも理由があるのか。

考えていると、スマホが鳴った。明日香だ。


『今日は本当にごめんね』


手を合わせる絵文字のあとに、文章が軍隊蟻のようにびっしりと続いている。

家を買ってから今に至るまでの経緯が、事細かに記されていた。

吉野　明日香

私たちが家を買ったのはつい先月、今から十三日前だ。

この新興住宅地のなかで唯一の空き物件だった。角地で高いから売れ残っていたわけではない。見栄を張って総介には言わなかったが、中古住宅なのだ。最後に売れ残った家ではなく、最初に空き家になった家ということだ。

建ってまだ四年だから新築同様だし、間取りも気に入っている。なんだか室内に靄のかかったような薄暗さを感じたけれど、電気のせいだと思った。新しい蛍光灯を買えば済む話だから、躊躇なく購入を決意した。

そして引っ越しの日。

荷解きをしているうちに夜になり、まだ開けきれない段ボール箱にもたれて一息ついたときのことだ。

「ほんとラッキーだよね。まだ全然綺麗だし」

リビングを見渡す。物が少ないせいもあって、余計に広々として見えた。

夜ご飯を食べ終えたきららが、疲れたのかソファで寝息を立てている。

「タイミングが良かったな」

ケイは答えたあと、ふと天井を見上げる。

「にしても暗いな。もう駄目なんじゃねえのかこの電気」

「明日買ってくるよ。どうせ買い出しするつもりだったし」

あくびをしながら答える。

突然、玄関で大きな音がした。


「な、何？」


何かが落ちたような音だった。二人で見に行くと、靴を置いてあるタイル敷きの真ん中にガラスの破片が飛び散っている。

「随分派手に落ちたな……」

写真立てが落ちたのだ。壁の一部をくぼませた、物を置けるスペースに飾ってあった。

「安定悪かったのかな？」

そろりと手を伸ばす。三人の家族写真だ。花見に行った際に桜の木の前で撮ったもので、真ん中のきららに顔を寄せるように、私たち夫婦が寄り添っている。気を付けていたはずなのに、拾い上げた瞬間痛みが走った。

「痛っ……」

再び落ちた写真の顔に、ぱたぱたと私の血が落ちる。偶然にも三人の顔が濃い赤に塗りつぶされた。私の口が、血の下で嬉しそうに笑っている。

「大丈夫か？　ここは俺がやるから、手当てして来いよ」

傷薬は、確かまだ段ボールの中に入っていたはずだ。強く押さえながらリビングに戻る。ドアを開けると、若草色のソファからきららが身を起こしたところだった。

「ママ、それ何ー？」

「手を怪我しちゃったの。でも大丈夫だからね」

「でも、おててはあるよ」

真剣な表情のきららに笑みがこぼれる。

「切っちゃったけど、なくなっちゃったわけじゃないよ。少し血が出ただけ」

「違うのぉ」

もどかしそうに唇を尖らせ、きららが指をさした。

「ママじゃなくて、うしろの人」

「……え？」

振り向くが、誰もいない。当然だ。夫は玄関で掃除をしているのだから。

「でも、血が出てるのはいっしょだねえ」

あどけない笑みを浮かべて私を見続ける。

いや、多分……私の後ろを。

「……そんな人、いないよ」

うすら寒さを感じながら段ボール箱を片手で開ける。寝ぼけているのだろう。まだ夢の続きを見ているのだ。

「せっかく起きたし歯を磨いちゃおっか。今日はパパに仕上げ磨きしてもらおうね」

薬と絆創膏を探しながら話しかける。寝起きの割には珍しく大人しい。よほどいい夢でも見ていたのだろうかと、そっと娘を盗み見る。


心臓がはねた。

きららは、先ほどまで私が立っていたところを凝視していたのだ。

翌朝は雨だった。

ケイは会社に行ったが、きららは幼稚園を休ませてある。引っ越し疲れが出るだろうと思ってのことだが、予想に反して元気だった。八時過ぎに自分から目を覚まし、テーブルで、大人の椅子に立ち膝で乗りながらお絵かきをしている。可愛い物が大好きで、いつも色とりどりのハートや猫を描いていた。

手袋をはめて食器を洗いながら、昨日のことを考える。

家族写真は綺麗に拭いたものの、血の痕が残ってしまった。仕方ないのでアルバムからほかの写真を見繕い、別の写真立てに入れて再び飾った。せっかく気に入っていた写真だったのに。

「これ片付けていいかな？　お茶もう飲まない？」

テーブルに歩み寄り、置かれたピンクのマグカップを指す。集中しているらしく、きららは顔を上げなかった。見るともなく絵が目に入る。

「何描いてるの……？」

黒い人型だ。いびつな頭部から胴らしきものが生え、そこからぐにゃりとした手足が垂れている。手足だと思ったのは四本あるからだ。けれどそれらは膨れ、ねじ曲がって、ぶよぶよとしている。幼児ならではの拙《つたな》さがかえって不気味に思えた。

「……ねえ、これなあに？」

「わかんない」

「こういうの好きなの……？」

今度は紫のクレヨンを取った。ぐしゃぐしゃと塗りつぶすと、全身がうっ血したような色に染まる。それでも描く手は止まらなかった。手が白くなるまで握りしめ、執拗に往復を繰り返している。

「きらら、やめて」

紙を擦る音は次第に速まり、狂騒的になっていく。手も足も紫に掻き消された。ごりごりと骨を削るような音が止まらない。

ついに画用紙が破れた。紫の人型は干からびた音を立て、首と胴体とを切断される。

「やめなさい！」

思わず手を掴んだ。びっくりしたように娘が見返す。その瞬間――鼓膜を打つ、硬い破裂音がした。

ひゅっと喉の奥が鳴る。玄関の方からだった。きららを掴む手が震える。

恐れに近い予感は、当たっていた。

柳　総介

「……二日間に二回も家族写真が割れたってことか」


長いメッセージを読み終え、俺は溜息を吐いた。

自室のベッドの上だ。いつの間にか息を詰めていたらしい。

その後は帰ってきたケイに報告したが、重くは受け止められなかったようだった。安定の悪い場所に置いたから写真立ては二回も割れ、引っ越し疲れで娘が変な絵を描いた——たまたまそれらが重なっただけだと言われ、明日香も無理やりに自分を納得させた。

実際、次の日から昨日までの十一日間は何事もなかったようだ。きららの様子も元に戻ったし、三たび飾った写真はピン止めにしたところ無事らしい。だからこそ三日前の彼女はあんなにも嬉しそうに家について語っていたのだ。

しかし、異変が収まった代わりにケイの帰りが遅くなった。機嫌が悪いことが多く、夕食も外で済ませがちになってきたという。

「……帰りたくないってことか？」

初めて訪れたときの、あの不快感を思い出す。忌むべきものに触れたような……自分が穢れたような、そんな感覚だった。

あれと同じものをケイも毎回感じているなら、そりゃ帰りたくもなくなるだろうなと思う。オカルティックなものを信じる方ではないが、今回ばかりはそれを疑った。

「だって普通、あんな家買っといて四年で引っ越すか……？」

高いはずだ。気軽に売り買いするようなものではない。まさか事故物件なのではないか。

「でも、そうなら説明があるはずだよな」

告知義務があったはずだ。しかし明日香からのラインにはその点について書かれてはいない。事故物件というのは考えすぎなのか。それとも、不動産屋に隠蔽されたのか。

前入居者がなぜ手放すに至ったのかが知りたい。そこにヒントがあるかも。

俺はその考えをスマホに打ち込んだ。

長い長い返事は、次の日の朝に返ってきた。

吉野　明日香

総介の予想は、私が購入時に抱いた不安と一緒だった。けれど前入居者は単に離婚しただけで、事故物件ではないと言い切られた。妻子に逃げられた夫が一人で住むには広すぎるからと売却したらしい。価格も妥当で、変に安いということはなかった。

総介を噛んだあと、きららは寝ぐずりを始めた。寝かしつけたあとでリビングの掃除をした。ゴム手袋を嵌めてはいたが、羽虫の残骸を拭き取る気分は最悪だった。乾き始めた体液でべったりとフローリングにこびりつき、なかなか取れないのだ。濡れティッシュで何往復もすると茶色の汁が薄れたが、その分バラバラに千切れた頭や足の輪郭が明瞭になる。吐き気がするほど気持ちが悪かった。

せめて誰かがそばにいてくれたならと思うのに、いまだケイは帰らない。もう十一時だ。日増しに帰宅時間が遅くなっていく。

——なんのための家なんだろ。

滲んだ涙が頬を滑る。血管のような筋の浮かぶ羽にぽたりと落ちた。その瞬間耐えられなくなってキッチンに走る。手袋をゴミ箱に叩き入れ、念入りに手を洗った。ラップのかかった一人分の夕食を見て、我慢できず嗚咽を漏らす。

夫が帰宅したのは、十二時を越えたころだった。


次の日の朝は、父子揃って不機嫌だった。ケイは仏頂面でトーストを食べ、きららはいつもより早く起きるなり私の足に纏わりついてはぐずっている。だっこを延々せがむのだが、夫の弁当を作らなければいけない。

「急いで作るから。お願いだからテレビ見て待ってて」

キッチンで何度か弁解を繰り返していると、うんざりしたように夫が顔を上げる。

「良いよもう、途中で。足りなけりゃカップ麺でも食うから」

「そう？　……ごめん、ありがとう」

すぐにきららを抱き上げると、しゃくりあげながらも泣き止んだ。涙と鼻水で塗れた顔を、タオルで優しく拭ってやる。

「……おい、なんだそれ」

ぎょっとしたようなケイの声がした。なんのことかとキッチンから出ると、彼も立ち上がって私たちに近づいてくる。

抱き上げたことできららの上のパジャマが捲れたらしい。ケイは身をかがめ、服の合間から覗いた娘の腰を見ながらさらに捲った。

「ひどいな……」

何事かと床に立たせて見る。ピンクのパジャマの合間から太いミミズ腫れが覗いていた。

「ど、どうしたのこれ」

道理で泣くはずだ。引っ掻かれたような痕が四本、腰から背中にかけて走っている。柔らかな肌を切り裂くような赤い筋がひどく痛々しい。

「お前か？　着替えさせるときに当たったとか」

「ち、違うよ。いくら何でもこんなひどいことになってたら気付くから！」

けれど、ケイが疑いたくなるのは分かった。平行線を描く四本は、明らかに人間が爪を立てたとしか思えないからだ。

「痛かったね、気付かなくてごめんね。ここどうしたの？」

再び抱き上げ、優しく尋ねる。

「……わかんない」

「昨日？　それとも今日痛くなったのかな？」

きららは首を振り、ぎゅっとしがみついた。何度か質問を繰り返すも、しがみつく手の力を強めるだけだ。私たちは顔を見合わせ、これ以上追及するのをやめた。

傷に薬を塗り、ソファに座って抱きしめる。夫を送り出し、落ち着いてから娘も幼稚園バスの停留所まで送っていった。

そして一人、あの家へと帰る。


「あら吉野さん。で、良いのよね？」

とっさに振り向く。五十過ぎだろうか、背は低いが恰幅の良い女性が立っていた。近所の人だろうか、部屋着のようなくたびれたシャツを着ている。

「あ、お、おはようございます」

「大丈夫？　具合悪そうねえ」

張りのある声だ。いかにも心配そうに眉尻を下げたので、慌てて弁解する。

「大丈夫です、ありがとうございます。ちょっと色々あって、それで」

「あらあら、元気出しなさいよ若いんだから。素敵な家だって買ったばっかりなのに」

やはり近所の住人だ。とすれば、以前のこの辺りのことを知っているかもしれない。私は思い切って聞いてみることにした。

「あの……この家って、以前はどんな方が住んでたんですか？」

「あら知らない？　まあ、新婚さんは知らない方が良いかもねえ」

「どういうことですか……？」

やはり事故物件なのか。

身構える私に、おばさんは生き生きと話し始める。

「吉野さんとおんなじ感じのご家族でね、夫婦とお子さんと三人の、古市《ふるいち》さんっていうんだけど。でも虐待とか、あとＤＶ？　なんかそんな感じのことがあって、奥さんが子供連れて逃げちゃってさ。旦那さんはしばらく一人で住んでたんだけど、まあ広すぎるし、思い出しちゃうしねえ。結局アパートに移っちゃって。しばらくは二人のこと探してたみたいだったんだけど」

さすがはご近所ネットワークだと感心する。

そんな経緯があったとは。

「今、皆さんはどうされてるんですか？」

「奥さんたちは分からないわねえ、居場所知られたくないだろうし。旦那さんはすぐそこのアパートよ、一〇二号室。ほら、あの薄緑の」

おばさんが太い指で後ろを指す。道を挟んだ向こうに、三階建てのアパートが見えた。

どんな話が出てくるのかと思ったが拍子抜けだった。おばさんがあれこれ質問をしてきたので、気分を害さぬよう無難に答えてから言葉をはさむ。

「ところでこの土地って、以前に何かあったりしましたか？」

「えっ、どういうこと？　良くないことって意味？　あら、もしかして何かあったの？」

おばさんの目がぎらりと光る。まるで獲物を見つけた肉食獣だ。質問を質問で返され、私は愛想笑いを浮かべながら慌てて切り上げた。


静かで暗い家だ。けれど玄関の壁では、ピンでしっかり留められた笑顔の家族写真が出迎えてくれる。大丈夫だ、と自分に言い聞かせた。あのおばさんから少し元気を貰えた気がする。

さっそくスマホで、総介へのメッセージを打ち込んだ。

柳 総介

明日香からのメッセージを読んだのは、会社の昼休みのときだ。

一通りの報告の最後に『前入居者の夫に会いに行くから付いて来てほしい』と書かれていた。

すぐに『俺が行くから訊きたいことだけまとめといて』と返す。

良い恰好をしたかったわけではない。

夜に友達の妻と二人きりで出歩くのはまずいし、かといって、DV男のアパートに三歳の子を連れて行くのも危険だ。申し訳ないと渋っていた明日香だが、最終的には了承した。

というわけで、俺は一人で前入居者が住むアパートへとやってきた。

単身者向けの賃貸住宅だ。ドアの上部のプレートを確認し、一〇二号室のチャイムを押した。

一度、二度。間隔を置いて繰り返すが、出ない。八時前に来たのだが、まだ仕事から帰っていないのだろうか。

「すみません、古市《ふるいち》さん。いらっしゃいませんか」

呼びかけながら再度チャイムを鳴らす。やはり留守のようだ。出直すべきか考えていると、隣の部屋のドアが開いた。

「あんた知り合い?」

ドアの隙間から声を掛けてきたのは、彫りの深い顔立ちをしたトレーナー姿の若い男性だ。

値踏みするような視線を向けてくる。

「ちょうどいいや、親族かなんかだろ。んじゃ責任あるよな」

「え? 何の話——」

「引っ越し費用だよ。あのおっさんのせいなんだからちゃんと責任取ってくれよ」

「どういうことですか」

「なんだあんた、なんも知らないで来たのか?」

当てが外れた顔で頭を掻く。なんだよクソ、と独り言を言いながら引っ込みそうになる彼を慌てて呼び止めた。

「すみません、お話聞かせてもらえませんか。よろしければこれ」

古市氏に渡す予定だった手土産入りの紙袋を差し出す。

怪訝な顔をしていた男が眉間の力を抜いた。適当に選んだ酒だが、気に入ってもらえたようだ。

「おう、悪ィな。で……あの小太りのおっさんだよな？　俺より後に越してきたんだけど、何が知りたいって？」

「古市さんのこと、最初から全部お願いします」

男は高い鼻をフンと鳴らす。

「最初から迷惑な人だった。どっかから恨み買ってんだろ？　ドアに落書きされてたしさ」

「なんて書いてあったんですか？」

「死ね死ね死ね死ね、って。ぐにゃぐにゃの字でびっしりと」


背筋がぞくりと冷える。

「それを夜中に掃除するんだよ、泣きながらさ。どうせ消したってまた書かれるんだし放っときゃよくね？　彼女連れてきたときに目撃されてドン引かれたわ」

「確かに驚きますよね、それは」

「で、ほかにもいろいろ聞こえるわけだよ。壁薄いからさ。夜中にギシギシ音がしたなと思ったら、思いっきりドーン！　とか。寝らんねえって」

「そのことで古市さんと話したりはしましたか？」

「したした、一度だけ。ムカついて夜中にドア殴りまくったら、おっさんが泣きながら出てきて謝るんだけどさ。口からシャツからゲロまみれ。しかも目の前でまだ出てんの。謝りながら垂らしてんの。インスタントの縮れた麺が細切れになって虫みたいにボトボト落ちてって、しばらくカップ麺食えなくなったわ。二度と行かねえ」

もっともだ。

「んである日、また夜中にギシギシ聞こえてきたんだよ。すぐ静かになったから、その夜は寝れた。次の日は大騒ぎになったけどな」

「どんな感じで？」

「ん？　だから警察だよ。知ってんだろ、それからあとはさ」

答えない俺を見て、男が片眉を上げた。

「自殺したんだよ」

言葉を失った。

道理で出てこないはずだ。彼はもう、この世にはいなかった。

「誰が通報したのか知らねえけどさ。そんときの俺の気持ち分かる？　リアルタイムで逝く音聞かされたんだぜ」

ギシギシという音は死体が揺れる音だったのだ。

とすると、以前の『ドーンという音』は、首吊りが失敗して落ちた音かもしれない。吐いていたのは毒物を試したせいだろうか。

「……隣人が自殺して引っ越したいから費用が欲しい、ってことだったんですね」


彼の最初の発言をようやく理解した。

確かに隣部屋で人が死ねば居心地が良いとは言えない。

「いや、そんだけなら良いんだけどさ……」

しかし男は即座に否定した。

口ごもりながら、初めて憔悴した面持ちになる。

「……まだ聞こえるんだよな。夜、死体の揺れる音がさ」

俺は慰めの言葉をかけ、その場を後にした。
不憫だがどうしようもない。こちらはこちらで解決していない問題があるのだ。

沈んだ気持ちで帰宅すると、どっと疲れが押し寄せてきた。
その日は寝ることにして、翌朝出社する前にメッセージを打つ。
すぐに返信が来るかと思っていたのだが、違った。
不気味なほどスマホは沈黙している。
近況報告も兼ねた長文が送られてきたのは、その二日後のことだった。

吉野　明日香

前入居者の夫・古市さんに会いに行くのは、総介にお願いした。

今回のことでどれだけ世話になっているか分からない。

精一杯の謝意を伝え、私はきららとともに夕食を摂った。


「……あっ！」

フォークに刺した肉団子をもそもそと食べていた娘が、ぱっと目を輝かせる。

玄関からドアの開閉音が聞こえてきたのだ。

「おとーさん！」

いちご柄の食事用エプロンを自分で外し、子供椅子を降りる。止める間もなくドアを開けて出て行ってしまった。

まったくもう、と文句を言いつつ口元が緩む。今日は早く帰ってきてくれた。

玄関ではきららの抱っこをせがむ声が聞こえる。

どこにでもある平凡な家族風景――のはずだった。

「明日香！」

玄関から怒声が響いた。下ろしかけていた箸を思わず床に落とす。

「は、はい」

一体何事だろうか。彼に怒鳴り付けられるなど初めてだ。

最近機嫌が悪かったとはいえ、声を荒らげることなど一度もなかったのに。

小走りでリビングを出る。

玄関へと続く廊下で、きょとんとした顔のきららが私を見た。

ケイはまだ靴を履いたままだ。仁王立ちで上がろうともせず、手に何かを持っていた。

「どうしたの……？」

「もう、いい加減にしてくれ」

怒りを押し殺した声だ。

眉を釣り上げ、歯を食いしばっている。

「なんのこと？　よく分からな――」

「ふざけんな！」

大きく腕を振り上げた。私めがけて投げつけられたものが足元で弾ける。

弁当箱だ。毎朝持たせている、ボーダー柄で四角い二段重ねのものだった。

「分かんねえ訳ねえだろうが！」

ミニトマトが壁際へと転がっていく。ウィンナーを巻いた卵焼きはひしゃげていた。唐揚げが私のつま先に当たる。どれも見覚えのあるおかずに、黒い何かが絡みついていた。

「何……なんで」

髪の毛だ。間違って入ったようなレベルではない。線虫に似たそれが、トマトに、卵焼きに、唐揚げにまとわりついている。おびただしい本数の毛が糸を引くように、べったりと床に広がっていた。

「偶然でこんなんなるわけねえだろ！」

下の段に詰めた白米も所々が黒い。けれどこちらは髪ではなかった。

ゴマだろうかと顔を近づけた途端、細い前足がうごめく。掠れた悲鳴を上げてのけぞった。例の羽虫が何十匹も、つややかな白米の中で悶えている。

「こ、こんなことしてない……」

訳が分からない。

一番信頼してくれるはずの相手が真っ先に私を疑ったことが、さらにショックだった。

「別の場所で入れられたんじゃないの？　会社とか……」

ケイは視線を逸らした。

左壁にある、ピン止めされた家族写真を見ているらしい。

「じゃあこれはなんなんだよ」

声は冷たいが目は血走っている。近くに寄ることさえ躊躇われた。

けれどぐずぐずとしていれば余計に怒りを買うだろう。

飛び散った弁当を踏まないよう、玄関先にまで慎重に進む。

右横ではきららが不安げに見上げていた。ぎこちなく笑いかけて頭をなで、私は家族写真に目をやる。


「え……？」


一瞬、なんなのか分からなかった。

真ん中に立つきららの右斜め上に、黒く円い焦げ跡がある。

周囲がたわみ、どす黒く変色していた。そこに写っていたのが私の顔だったということに、しばらくしてからやっと気づく。

家族で顔を寄せ笑い合っていたはずなのに、私の顔だけが爆心地のように黒一色に染まっていた。

私の焦げ跡のせいなのか、きららもまた全体的に変色していた。

黄色味が薄れ、顔も手足も紫に見える。

きららを挟んで反対側にいるケイは、一番被害が少ない。唯一、日光のような光の線があごの下に入っているくらいだろうか。光の刃で首が切られたように見える。

「……いつの間に、こんな」

こんな写真じゃなかった。でなければ飾るわけがない。

写真立てが二度も落ち、壁に直接ピンで留めたときには、なんの変哲もない花見のワンシーンだったのだ。

「白々しいこと言うなよ。お前以外に誰がいるんだ」

吐き捨てられ、ぎょっとしてケイの顔を見る。こんなことを言う人だっただろうか？

大雑把だけれど情に厚い人だ。私の言い分も聞かず決めつけるなんて、彼らしくない。

「何もしてないよ。大事な写真を私がこんな風にする理由なんてないでしょ！」

「じゃあ理由があるからあんな弁当作ったのか？」

別人のような顔つきだ。

怒りよりも不安になる。思った以上に疲れているのではないか。

「私じゃない。不満があるならちゃんと言うよ。こんな気持ち悪いことなんかで伝えない」

「だったら、あの弁当とこの写真は誰がやったんだ。あ?」

「だから、何か別の……」

「夜だってそうだ。人が寝てる耳元でブツブツと、寝たふりしやがっても分かってんだからな。なんなんだよお前。俺が何したって言うんだ!」

「………何、それ」


全身が粟立った。


ケイは私がやったと思っている。状況的に考えればそうだろう。私以外にはきららくらいしかいないのだ。けれど私は、私ではないことを知っている。

だとしたら、誰が。

「……ねえ。もう、引っ越そう」

堪え切れず言ってしまうと、次から次へと思いが湧き上がってくる。

「ずっと思ってたけど、この家おかしいよ。何度も写真立てが落ちたり、新しい電気に変えたのに薄暗かったり。きららだって、嫌いなはずの虫を潰したり変な絵描いたりして」

言いながら思い至る。きららの不気味な絵は、この家族写真のきららそっくりだ。

「ケイだってそうでしょ？　この家に来てからいつもイライラしてる。前に住んでた人、だからすぐに引っ越しちゃったんだよ。ここにいるとおかしくなりそう」

「はっ」

ケイが笑った。目つきだけは鋭いままで。

「呪われてるってか？　ばかばかしい。おかしくなったのはお前だ。弁当も写真も夜中の声も、全部明日香なんだろ？　前についてたきららの背中の爪痕だって、きっと――」


――お前がやったに決まってる。


多分彼はそう言おうとした。

が、今となってはもう分からない。

突然、ケイが目を見開いた。

言いかけた口を半開きにしたまま、私の後ろのもっと先を見ている。

零れそうなほどに目玉が露出した。

黒目が痙攣しながら、徐々に上へとせり上がっていく。

「な、何……？」

がくがくと震えながら膝をついた。
大の男が、音を立てて顔面から倒れ込む。

「ケイ！」

慌てて抱き起こす。ひゅっ、ひゅっ、と変な呼吸をしている。
鼻血が出ていた。
ほぼ白目だが、瞼のふちから辛うじて黒目が痙攣し続けているのが見える。
もう何かを言う様子はない。悲鳴を上げるように口を開き、顎を強張らせていた。
唾液が糸を引いて垂れ落ちる。
げぼぉ、と場違いなげっぷが漏れた。

「きゅ、救急車……！」

夫を寝かして立ち上がる。膝が笑っていた。
壁際できららが声も出さずに泣いている。

よほど恐ろしかったのだろう、その場で漏らしていた。
よろめきながらリビングに向かう。
ケイの好物だからと手作りした唐揚げが、足の下で潰れた。
縋りつくようにテーブルに置かれたスマホを掴む。
二十分後、意識不明の夫は病院へと運ばれていった。

柳　総介

明日香からのメッセージを読んだのは、仕事終わりの一杯を部屋で飲んでいるときだった。

……信じられない。


あのケイが倒れた。

異常に激高したあとに。心臓が原因による失神で。

確かに穏やかな性格というわけではない。

しかし、弁解の余地すら与えず怒鳴り散らす人間ではなかった。ましてや相手は明日香だ。彼にとって、一番特別な存在のはずなのだ。

身体だって俺よりも丈夫だった。それが心臓の病気だなんて……しかもスポーツ中ではなくあの家に帰ってきたとたんに倒れるなど、腑に落ちない。

意識はいまだ戻らないそうだ。

明日香も相当消耗しているようだった。
淡々とした報告からも色濃い疲労が読み取れる。
きららも不安定になったそうなので、そちらのケアまでしなければいけない。
もはや彼女に、家の因縁を調べる気力も時間も残っていないだろう。
ラインの最後は『今まで力を貸してくれてありがとう。でも、もう良いよ』だった。

本当に終わらせてしまっていいのか。

母子はまだあの家にいる。
深くは知らないが、両親の助けも借りられないようだ。
きららの幼稚園とケイの病院に毎日通うとなると、あの家に住み続けるしかない。

――だったら、俺が動けばいいんじゃないか。

幸いというべきか、養うべき家族はない。
会社さえ終われば時間もあるし、友達夫婦が困っているのだから動機だってある。

それに、俺はあの家に住んでいないのだから被害は及ばないのではないかという打算もあった。

だとしたら、何から始めるべきか。


自室を見回す。飾り気のない殺風景な部屋だ。

俺の座っているベッドから、窓際に置かれたパソコンデスクが見える。

すぐに移動し、パソコンを起動した。

ネットの検索ワードに『新聞記事　検索』と打ち込む。

リンクを経て、地元新聞の記事のデータベースに辿り着いた。

新聞社によって条件は異なるが、これは昭和六十二年から現在までの記事を検索できるらしい。

さっそくデータベースにあの家の住所を入れて検索してみる。ヒットしない。

検索ワードを、近くの建物や小学校、町名などに変えてトライし続けた。

いくつかヒットしたが、記事を読むことまではできない。

分かるのは新聞記事の見出しと掲載年月日、掲載されていた新聞名だけだ。

見出しを読み関係がありそうなものだけをメモして、明日にでも図書館で調べてくることにする。

あとは何をするべきだろうか。

前入居者の夫が死んでしまったので、せめてその妻に会って話を聞きたい。

しかしDV被害者とあっては所在を掴まれないようにしているだろう。

元夫にすら知られないように対策しているのだろうから、顔すら見たことのない俺が居場所を突き止めるのは無理そうだ。

とすれば、不動産業者か。

プライバシーにうるさい今では期待薄だが、明日香に業者名だけでも訊いておこう。

ついでにお祓いでも勧めてみようか。

何が原因にせよ、気分が楽になるかもしれない。

そうして俺は、日付が変わるまでパソコンに向かい合っていた。


翌朝、俺は思い切って会社を休んだ。図書館にある地方新聞の縮小版コーナーで、持ってきたメモを広げてひとつずつ引いていく。

交通事故。ボヤ騒ぎ。窃盗。雪害。

事故や事件を中心に拾い上げたからではあるが、気の重くなるような記事が多い。

しかし人が死ぬような重大事件や事故は少なかった。しかもあの家とは位置的にずれている。


「……どれもピンと来ないな」


——同じ町内で起こったひったくり事件。被害者の老女が転倒し、全治一か月の怪我をした。

——近くの川で起こった水難事故。二歳の子供が流され、行方不明になった。

——三キロほど離れた踏切で人身事故が起こり、九歳の少女が犠牲になった。

関係なさそうなそれらを、俺は全てコピーした。

拾い損ねたのちの再検索より、あとから捨てるほうが簡単だからだ。

それに俺はまだもう一つの判断基準を知れていない。

あの土地の所有者だ。


明日香からの返信はまだだが、たとえ不動産屋に連絡を取れたところで、以前の所有者や前入居者の住所を教えて貰えるとは思えない。

今のご時世、個人情報の保護には厳しいはずだ。


車に戻り、返信を待つあいだに昼食を済ませる。


次は法務局に行った。申請書に記入して窓口に提出する。

老人ばかりの待合場所の椅子に座ると、スマホが鳴った。明日香からだ。

『ありがとう。申し訳ないから遠慮したいけど、今はすがりつかせてください。私だけじゃもうどうしていいか分からない。

きららも不安定で、夜泣きが再開しちゃった。三歳だよ？　ときどき頭をぐるぐる回して何かを目で追ってる。何もないのに……。

お祓い、さっそく調べてみる。ケイに言ったら馬鹿にされそうだけど、やれることはなんでも試したいから。ありがとう、ごめんね』

文末には不動産業者の連絡先が記載されていた。

今までのメッセージと比べるとはるかに短い。

文字を打つ気力まで削がれているのだろう。


俺はすぐに電話した。

不動産業者にケイを装って質問する。しかしやはり駄目だった。

プライバシーポリシーのしっかりした優秀な企業だ、残念ながら。

「やっぱ、来てよかったな」

独り言をつぶやくと同時に呼び出しがかかる。

六百円と引き換えに、窓口で登記事項証明書を受け取った。この『全部事項証明書』は誰でも入手可能で、以前の所有者まで全て記載されている。

順位番号一の欄には『河和田義正《かわだよしまさ》』と記されていた。

その後は河和田博司《かわだひろし》という親族らしき人物の手に渡ったが、直後に不動産屋に売られている。

そしてあの家が建ち、古市家を経て、明日香たちの手に渡ったというわけだ。

「かわだ……？」

側頭部がむずむずとする。どこかで見た名前ではなかったか。

待合場所の椅子に再び腰かけ、ショルダーバッグからコピーした新聞記事の束を出した。

一枚ずつ確認していく。

違う。

違う。

最後の一枚だ。

「……これだ！」

芳野《よしの》川で起こった水難事故。

十七年前に二歳の子供が流され、行方不明になった。

その子の名前が『河和田博美』なのだ。

読みだけならありがちな苗字だが、三文字の『河和田』での一致は見逃せない。

『○月○日午前十一時ごろ、×県×市×町の芳野川で、同市に住む河和田博美ちゃん（2）が行方不明になったと母親（28）から一一〇番があった。

××署によると、母親は博美ちゃんと芳野川沿いを散歩していた際、風に飛ばされた博美ちゃんの傘を取りに行くため目を離したところ、戻ったときにはいなくなっていたという。

同署は博美ちゃんが川に転落した可能性もあると見て、周辺を捜索している。

当時は雨が降っており、川は増水していた』

河和田義正の名はない。

スマホで河和田博美と検索すると、続報を伝える記事が出てきた。

数日後、下流で遺体が発見されたらしい。

ふと思いつき、河和田義正で検索をかけてみる。引っかかった。

やってみるもんだと思った矢先、その見出しに絶句する。

『夫を殺害容疑、妻を逮捕　包丁で刺す』


十四年前、夫の河和田義正は妻の三和子《みわこ》なる女に殺されていた。

慌てて証明書を確認する。

長らく義正が所有していた土地が博司の手へと渡ったのは、殺されたからだったのだ。

相続した博司はすぐに土地を売り、その後あの家が建った。


なぜ河和田義正は殺されたのか。

それを知るには、もう一度図書館に戻らなければならない。

昨日の検索でこの事件が引っかからなかったのは、同じ土地や町内で起きた事件ではなかったからだろう。迂闊だった。最初から法務局に来ていたら二度手間にならず済んだのに。

再び図書館で縮小版の新聞を繰る。

『なぜ妻は夫である義正を殺したのか』の答えが、新聞にはこう書かれていた。

『調べに対し三和子容疑者は「娘が死んだことを毎日責められていた。暴力も振るわれており、自分を守るために包丁で刺した」と容疑を認めているという。夫婦の娘（当時2）は三年前、三和子容疑者と散歩中に×町の芳野《よしの》川に誤って転落し死亡していた』

無意識に、唸るような溜息が漏れる。

まさしく悲劇だ。

一つの死が次の死を呼んだ。こんなこと、きっと河和田三和子だって望んでいなかったはずなのに。

直前まではどこにでもある普通の家族だったのだろう。ほんの些細な切欠で、娘を失ってしまうまでは。

子供の傘が風で飛んだ。三和子がそれを取りに行った。

そこには、子供が雨に濡れては可哀想だという親心が込められていたはずだ。

その親心で、娘は死んだ。

夫である河和田義正は妻を責めた。大事な娘を失えば、何かを恨みたくなる気持ちは分からなくもない。

そうして義正のやるせなさや悲しみは怒りとなり、妻の三和子に向けられた。

たった二人きりの家庭は破綻し、結局彼女は残る家族まで手に掛けた……。


重苦しい気分でアパートに帰る。

河和田家が明日香たちに重なって見えた。

テレビをつけて思い切り明るいバラエティ番組を選ぶ。

けれど笑い声は俺の心を上滑りしていく。

その夜はなかなか寝付けなかった。


翌朝は普通に出社した。

さすがに二日連続で休むのはまずい。昨日一日分の仕事も溜まっていた。

退社したのは夜の八時前だ。

昨日分かったことを簡潔にまとめてラインで明日香に送る。
すぐに返信が来るかと思ったが、スマホは不気味に沈黙し続けた。
また何かあったのではないかと不安になる。

返事が来たのは二日後、陰気な小雨の降る日だった。
昼に来たメッセージを、ひとり夜のアパートで読む。

『ありがとう！　でも、もう大丈夫！』

出だしの一文に意表を突かれる。文字だけではあるが元気そうだ。
何があったのかと続きを読み進める。

『昨日O神社にお祓いをお願いしに行ったの。西野先生現役だったよ。
お金は結構かかっちゃったけど（十万近くって言ったら驚く？）それからもうスッキリ。

前の住人のこと教えてくれた近所のおばさんも、良い顔になったねーって喜んでくれたよ。早くこうすればよかった。一件落着！』


O神社と言えば地元ではそれなりに有名なところだ。

神主の男性が俺の出身校で生物化学の非常勤講師をしていたことがあり、ケイや明日香も面識がある。

約十年ほど前の話だが。

「……随分あっけない幕切れだったな」

拍子抜けした。

詳細が気になり、すぐに返事を打つ。

『で、先生はなんて言ってた？』

『もう大丈夫だよ〜って♪』

『そうじゃなくて、原因はなんだって？』

『よく分からないけど、もう終わったし良いやって感じ。全部忘れて前進だ♪』


首をひねる。

よほど浮かれているのだろう、いまいち話がかみ合わない。彼女の中ではすでに終わったことになっている。

文中にある通り「すべて忘れ」ようとしているのかもしれない。

もちろんそれはとても喜ばしいことだ。

しかし俺は、すんなり忘れられそうにはない。

やるせない死の連鎖。

テレビのニュースで殺人事件を流し見るときとは違う感覚だった。

自分の手で調べ掘り当てたからこそ、あの事件がひどく身近に思えてくる。

結局のところ、河和田一家の事件が今回のことと関係あったのかすら分からない。

夫・義正の殺害現場は隣町の自宅であり、ケイたちの家が建っているあの土地ではないのだ。

だからと言って無関係と言い切るにも躊躇いがある。

お祓いをして解決するような原因が、ほかに見当たらないのだ。

「……久しぶりに会いに行ってみようかな」

今日は木曜日だ。

明後日ならば会社は休みだし、また手土産を持って話を聞きに行ってもいい。

家庭も恋人もないから身軽なものだ。

アポなしで行って、会えなければ散策して帰ろう。


そして二日後、土曜日の朝が来た。

O神社までは車で二十分程度だ。在学中、二度ほど来たことがあった。

鳥居の前の開けたスペースに車を止める。奥へと続く石畳の両脇には一面の苔が広がっていた。その向こうに立ち並ぶ樹木が、まるで結界のように境内を囲んでいる。

朝の清々しい空気の中で見るこの風景は純粋に美しい。

地面を擦る音がした。

振り向くと、大きな社のそばに作務衣《さむえ》を着た小太りの男性がいる。竹箒で掃除をしているようだ。視線が合うと、軽く一礼された。

「おはようございます、先生」

声を掛けて近づいていく。

白髪が多くなり幾分目じりも下がってはいるが、優しい父親のような雰囲気は変わらない。加えて気が若いため、男女問わず学生のあいだで人気の先生だった。

「おはようございます。もしかして卒業生？」

「はい、もう十年近く前のですけど。柳総介って言います」

「そう、久しぶりだね。この年になると人の顔をどんどん忘れちゃって」

丸い顔に済まなそうな表情を浮かべる。

無難なやり取りを数回したのち、切り出した。

「そういえば、吉野明日香さんもこのあいだ来たんですよね？　昔は美浜って名前だった子ですけど」

「美浜君？」

穏やかだった顔つきがわずかに強張る。癖の強い短髪の頭を人差し指で掻いた。

「君とあの子はクラスメイトだったっけ」

「そうです、あとは吉野圭司君も。あ、彼が明日香の夫です」

「ああ……」

曖昧な返事と表情のまま、先生は何かを言う様子がない。

「実は明日香に聞いたんです、家のことでお祓いしてもらったって。圭司は入院中だし、ほかにも最近いろいろあったらしくて」

先生は黙って聞いていた。しかし、自ら話そうとはしない。

すべてが解決したはずなのに、どうしてだろう。

彼もまた河和田一家のことで胸を痛めているのか。

「明日香、すっきりしたって喜んでましたよ。もっと早くお祓いすればよかったって」

彼は太い眉をひそめた。

柔らかさが消え、目に鋭い光が宿る。

「どういうことかな」

「……えっと、先生はお祓いされたんですよね？　一昨日、本人が言ってたからそう思ってたんですけど」

「したことはしたよ」

俺から視線を外し、短く息を吐く。

「けど、駄目だった」

「え……？」

明日香はすっかり大丈夫と言い切っていた。どういうことだ？

嘘をつく理由など、双方ともにないだろうに。

「だから引っ越すよう言ったんだ。あの場所は良くないよ、憑いてるものが厄介すぎる」

「もしかして、河和田一家の事件と関係があるんですか？」

「君はよく調べてるね」

感心した風に何度か頷く。

「河和田家の昔からの土地だよ。昔は大地主でね、隣の町にまで跨ってたくらいの。若い人が継いでからは売れるところから売っちゃってたみたいだけどね。それで昔、あの辺の田んぼに出た白蛇を殺しちまったとかで、うちの爺さんが駆り出されてね。毎年お供え物したりなんかして祟りはなかったみたいだけど、相続した若い人はもうやらなくなっちゃって」

「その相続人が河和田正義さんですか？」

「いつからやらなくなったのか、はっきりしたことは分からないなあ。ただそのあとあんなことがあったから、やっぱりその人の代から止めたんじゃないかな」

「娘さんの水難事故のことですよね」

うーん、と先生が曖昧な返事をする。違うのだろうか。

「あれは祟りだったんでしょうか。それともただの事故ですか?」

「……あのね。その子だと思うんだけど、あの家から感じるんだよ。二歳くらいの小さな女の子ね」

「あの家から、ですか?」

「亡くなったのは川なんだよね、自宅だって隣町だったんだし。詳しいことは分からないけど、あそこに何かがあるんだろうね。特別なものが埋まってるとか」

博美も正義も、死んだのはあの土地ではない。

あそこにいったい何があるというのか。

「その、水難事故死した博美ちゃんがあの家の祟りの正体ってことですか?」

先生は視線を落とし、暑くもないのに額を拭う。

「……こういうのは僕が言うことじゃないんだけど。個人的に、あれがただの事故には思えないんだよなあ。事故だったとしても亡くなる前に何か問題を抱えてた気がするよ。恨みつらみや執着が強くてさ」

「それは父親に対するものですか?」

殺害される前、河和田義正は妻に時折暴力をふるっていた。

もしそれが、娘が死ぬ前から行われていたとしたら。母親をいじめる父親を恨み、死に至らしめる可能性があるのではないか。

「そこまでは分かんないねえ。……正直言っちゃうと、爺さんみたいに力が強い方じゃなくてね。普通の仕事はこなせるよ？　でも、ここまでになっちゃうと僕ではもう無理」

「二歳の女の子でも、そんなに強いんですか？」

「その子だけじゃないんだ」

渋い顔で首を振る。

「悪いものの集合体って言えばいいのかな。女の子以外にもいるんだよ、さっき言ってたあの白蛇が核になってるのかもしれないね。生霊なんかも取り込んじゃってて手に負えなくなってる」

「生霊？　誰のですか」

「さあねえ、吉野さんたちのことを憎んだり羨んだりしてる人だろうね。執着から生まれるもんだから」

どきりとした。

確かに羨ましいとは思うが、俺はそこまでではないはずだ。

「生霊ってのはすごく厄介だよ、エネルギーが強いししぶといし。爺さんが生きてたらなんとかなったかもしれないけど」

「生霊ってのは誰でも送れるんですか？」

「無意識にやっちゃう人が多いけど、わざとならさらに厄介だよ。ほかにも良くないことをしてる可能性が高い」

幸せの見本のような家族だから羨む人は多いだろう。

無意識に生霊を飛ばしてしまうことがあるなら容疑者の範囲は格段に広まる。

それはもちろん、俺も含まれてしまうのだが。

「せっかく買った家を手放したくない気持ちはわかるけど、君からも引っ越すよう言っといてよ。……手遅れになる前にさ」


最後の言葉にひやりとする。

手遅れとは、つまり最悪の場合もあるということなのか。


来た道を戻り、のろのろと車に乗り込む。分かったような分からないような話だ。

白蛇を殺したのが始まりなのは分かる。

その後に二歳の河和田博美が死に、父親の義正が殺されて、あの土地はほかの親族のものになった。

しかしすぐに売り払われ、新興住宅地が作られて、河和田家とは関係のない家族が住む地となった。

そこで話は終わらない。

明日香たちの前入居者である古市家も、ＤＶによる離婚の末あの家を去ることになったのだ。しかも夫は自殺した。何者かにひどい嫌がらせを受けながら。

過去の出来事を今と照らし合わせると、ひとつの疑問が生まれた。


「なんで母親は無事なんだ……？」


河和田義正と博美が死んだ。

古市家では夫が死んだ。

そして今、ケイが突然の病気で入院している。

古市氏の元妻子の行方が分からないため、安否の確認はできていない。

それでも分かっていることだけを言えば、例外なく父親は不幸に見舞われ、母親の被害は聞かれない。


あの家へと車を飛ばす。

先生の言葉をとにかく明日香に伝えよう。

ラインのやり取りではどうにも話がかみ合わなかったので、直接会った方が良い。

ケイの身に何かある前に、明日香に納得してもらわなくてはいけない。

やるべきことは謎解きではなく、友達家族を無事でいさせることだ。

明日香の調子が良くなったのも、先生のお祓いによる一時的なものだろう。

お祓いをした当人が危険だと言っているのだから、明日香も重く受け止めるはずだ。


例の新興住宅地が見えた。白い壁が美しい、角地の一軒家だ。

時折車は通るが、さほど人通りはない。

家の前に路上駐車し、外に出る。あの話を聞いた後でも近代的で小奇麗な印象が変わらない、良い家だ。

駐車スペースにはピンクの軽自動車が停まっていたので、明日香は中にいるはずだ。

駐車場横の門の前に立ち、インターホンを押す。


『はい』

待っていたのかと思うほどすぐに返事が返ってきた。


「いきなりごめん、総介だけど。今話せる？」

『えっ総介？　ちょっと待って、すぐ行く』


明るく元気な声にホッとする。今はまだ大丈夫なのだろう。

ばたばたと音がして、奥の玄関戸が開く。

ピンクのニットを着た明日香が、笑顔を浮かべながら門へと近づいてきた。

「おはよう、ってもうすぐ昼か。今ケイのとこ行ってて、帰ってきたばっかりなの。この家買ったばっかりなのに入院費用まで嵩んじゃって、もう大変。保険に入ってて良かったけど、会社休まなきゃいけないわけだし――」

「明日香」

門を挟んで向かい合った彼女を見て、思わず口を挟む。

「……どうしたんだそれ」

異様だった。

何日も櫛を入れていないような髪。
いつも大きくて可愛かった目は黄色く濁り、あざのように濃いくまができている。
唇は白く乾いており、肌全体が土気色だ。
服の組み合わせもおかしい。
上はちゃんとした外着だが、下に穿いているのは着古された灰色のスウェットだ。
ケイのものなのだろうか、あまりにもサイズが合っていないし、食べこぼしのような染みまである。いつも身綺麗にしていた彼女からは考えられない。

「何ー？　どうしたの？」


本気で分からない様子で門を押し開ける。

どう返答していいものか分からない。

目がぎらぎらとしているように見えるのは格好のせいだろうか。

「いや……何でもない。それより」

今はとにかく伝えるべきことを伝えよう。彼女の体調が悪くなっているならなおさらだ。

「俺、さっき西野先生に会いに行っててさ。久しぶりに話して、いろいろ聞いてきたんだ」


ちっ、と音が聞こえた。


辺りを見回す。明日香が笑顔を崩さないままじっとこちらを見ていた。

その口元がうっすらと開いている。

「で、先生が何？」

「は、祓えていないって。場所的に良くないらしくて、憑いてるものが厄介すぎるって」

動揺して上手く説明できない。

あの舌打ちは空耳などではなかった。明日香は変わらずニコニコしている。笑顔の仮面を張り付けたように。

「気持ちはわかるけど、やっぱり手遅れになる前に引っ越した方が良いと思う。自覚ないかもしれないけど、明日香、体調悪そうだぞ」

「あんたそんなこと言いに来たんだ」

目が笑っていない。口の端だけを釣り上げたような不自然な表情だ。裂け目のような口から漂う呼気が、うっすらと生臭い。


「――あら、吉野さん」


唐突に後ろから声がした。

振り向くと、五十代くらいの女性が興味津々の様子で目を輝かせている。

「こんにちは、この方お友達？　やだまさか二人でお出かけとか？」

今の明日香と雰囲気が似ている。近所の主婦仲間だろうか。

色褪せて汚れも目立つエプロンにサンダルというい で立ちだ。身なりには気を使わないタイプなのか。

「やだ、ただの友達ですよー」

「なかなか良い男じゃないの、羨ましい」

「何言ってるんですか、もう」

明日香が楽しそうに言葉を交わす。ひとり取り残された俺を見て、さっきのことなど全て忘れたかのように説明した。

「ほら、この家の前の持ち主の話を教えてくれた人いたでしょ？　古市さんの旦那さんが今どこにいるか教えてもらったって。それがこの方なの」

会釈した俺に、明日香はこう言い添えた。

「河和田三和子さんよ」

「…………え？」

ゆっくりと振り返る。

人の好さそうなおばさんだ。

この人が、あの。

執行猶予はつかなかったはずだが、刑期を終えて出てきたということか。だとしてもなぜ今ここにいるのか、理解が追い付かない。

「この人は柳総介君。旦那も含めて三人とも同じ大学で――」

明日香は説明を始めるが、その声が遠く聞こえた。

夫を殺し刑期を終えた三和子がどうしてここにいるのだろう。昔の話とはいえ、辺りの住民は経緯を知っているはずだ。それでもなお現れた。

幼い博美の霊がこの地に執着するのと関係があるのだろうか。

「本当に良い家ねえ」

ねっとりとした目つきで三和子が嘆息する。

「中古で買えてラッキーですよ、まだまだ新しいし」

「羨ましいわあ」

……もしかして俺は、とてつもない勘違いをしていたんじゃないか。

河和田家も古市家も、上辺だけの情報しか得られていない。先生は言っていた。博美が川に落ちたのがただの事故ではないと。

例えば三和子が故意に目を離したとしても――もしくは突き落としさえしたとしても、目撃者がいなければ闇に葬られるのだ。

「なんたって場所が良いもの。私もこんなところに建てたかったわぁ」

「河和田さんも近くにお住まいなんでしょ？」

「前は隣町に住んでたんだけどね、旦那の両親と。お金を貯めてここら辺に自分たちだけの家をって思ってたんだけど計画が狂っちゃって、今じゃあそこの薄緑色したアパートよ」

古市家もそうだ。明日香から又聞きしたときは『虐待とＤＶ』『妻子が家から出て行った』というところから『夫が妻子に暴力をふるっていた』と思い込んだ。

しかしそれなら、アパートのドアに執拗な呪い言を書き自殺に追いやったのは誰なのか。子を虐待し、配偶者にＤＶをしていたのは。

「お子さんはもう大きいんですか？」

「それがねえ、昔にそこの川で溺れちゃって。ちょうどきららちゃんくらいのころにね」

証言は生きている者からしか得られない。三和子が『死んだ娘のことで毎日責められていた』のもそうだ。真実を知る者が死ねば事実しか残らない。事実をつなぎ合わせ真実の形を描くのは生者だ。

警察はどの程度まで動機を追及するのだろう。心の奥底を確実に見る方法はない。

「それは……すみません私、失礼なことを」

「大丈夫よぉ、昔のことだし」

なんの陰りもない口調だった。

ふと嫌な予感がして、俺は会話に口を挟む。

「今、娘さんのお骨はどちらに……？」

「ちょっと総介——」

明日香が窘めるが、三和子はからりとした表情で言った。

「大丈夫、とっても良い場所にあるわよ。私が住みたいくらいのね」

嫌な予感は加速する。

「失礼ですがご兄弟は？」

「あの子の？　産みたかったけど出来なくてねえ。あの子が生まれたとき姑にさんざん嫌味言われたのよ、ちゃんと跡取りを産まないとって」

もしかして三和子には誤算があったのではないか。

姑の嫌味によって愛せなくなった娘は死に、同じく愛の冷めた夫も始末して、この土地を含む遺産を手に入れるつもりだった。しかし被害者の妻である自分が加害者だったため、相続権を得られなかった。

自分たちだけの城を建てるはずだった土地は他者の手に渡り、見知らぬ家族が幸せな家庭を築く。

その全ては自分が手を伸ばしても得られなかったものだ。

「今の子は良いわねえ、そんなうるさいこともう言われないんでしょ？　そういえば今きららちゃんは？」

「あ、お昼寝中です。夫のお見舞いから帰ってきたら疲れちゃったらしくて……」

「旦那さん大丈夫そう？」

「それが全然起きなくて。会社も欠勤続きでしょ、困っちゃう」

言い様にぎょっとした。容体を心配する風ではない。明日香は自覚しているのだろうか。

彼女からのラインを思い出す。

倒れる直前にケイは『すべてお前がやったんだろう』と明日香をなじった。弁当も写真も夜中の声も、娘の背中の傷跡も。

全ては呪いのせいなのか、それとも、無自覚なままに豹変した明日香が関係しているのか。


そこまで考えて、ふと思い至る。

先ほど俺は、この土地に関係した三家族ともに母親だけは無事なのだと考えていた。しかし違う。彼女たちもまた死とは別の方向から蝕まれていたのだ。

母たちは、呪いを成就させるための『役割』を担わされていた。


「明日香、明日香！」

ぺちゃくちゃとしゃべり続ける二人の間に再び割り込む。

「きららちゃんは？　今あの家に一人っきりなんだよな」

「そうだけど、大丈夫よ。お昼寝してるし……」

彼女が振り向き、自宅の二階を見上げた。

家の右側面にアルミの手すりが付いたベランダが見える。

家庭菜園用のプランターのあいだに、オレンジ色の踏み台が置かれていた。

「なんであんなところに……」

俺のつぶやきと同時に、戸を引く音がした。ベランダからのような気がしたが、この場所からはそこで何が起こっているのか分からない。

しかし次の瞬間、小さな頭が現れた。

踏み台を上ったのだ。


「……きらら！」


明日香が叫ぶ。

小さな姿は嬉しそうに揺れ、柵の向こうへと身を乗り出した。

「やめて、来ないで！　降りて！」

母の声に喜んだのか、小さな手が懸命に柵を握る。
全身を使って乗り越えようと奮闘している。

「中から止めろ、俺は下から受け止める！」

明日香に指示して走り出す。ベランダの下まではさほど距離がない。
明日香が間に合わなくても受け止められる、はずだった。

駆け寄りつつ、再度見上げる。
大きな頭がくるんと下がった。
そこからは一瞬だ。

目の前、伸ばした指先をかすめるように、きららが頭から落ちてくる。

地面に接触したときのことを、俺は一生忘れられないだろう。

筋と骨が断裂する音。
のけぞるように異常な方向へと曲がった幼い首。
きららはぐったりと伸びたきり、ぴくりとも動かなかった。
鼻や耳からとろとろと、やけに濃い血があふれ出す。
放心して見上げたベランダで、身を乗り出した明日香が瞬きもせずに見下ろしていた。

連鎖

しばらくして、例の家は再び売りに出された。
ケイもしばらくして逝ってしまった。まるで娘の後を追うように。
明日香にだけは何事もなかった。結局今回も母親が生き残ったのだ。
あれから何度ラインを送っても返ってこないので、今どうしているのかは分からない。
どこか遠くの地に行っていれば良いのにと願う。
もし近くに住んでいれば、かつてのマイホームが目に入る可能性があるからだ。

もしかしたら、以前の自分たちのような家族が幸せに暮らしているかもしれない。
あの土地とその家族に、激しい羨望と嫉妬を抱く恐れもある。
そうなれば、ますますあの家にまつわる負の力は増長するだろう。
河和田三和子のときのように。

それにしても、なぜ母親だけは生き残るのだろう。

あの土地に埋まっているかもしれない博美の骨がそうさせるのか。
だとすれば、母に愛されたいと願う子供心が、死から彼女たちを守ったということなのか？

しかし、俺にはそうは思えない。

明日香は無意識のままにきららの死を幇助した。
夫とは、仲たがいをしたまま永遠の別れを迎えた。
彼女はこれから無限に思い出し続けるだろう。
幸せな日々と、それが壊れていく瞬間とを。

大事なものをすべて失ったままに生き続けるのは地獄だ。
おそらくは死にも等しい。
それを博美がやっているとするならば、そこにあるのは思慕ではなく憎悪だ。

あれから俺も鬱々とした日々が続いた。それでも二年が経って、忘れられはしないものの、自分の中で折り合いをつけ始めた。

けれど今日、見てしまったのだ。

油断して通りかかった、白く美しい角地の一軒家。

玄関戸が開いて活発そうな幼児が飛び出す。


そのあとからは仲睦まじそうな若夫婦が、あのときの二人のような笑顔で現れた。

（終）

骨の家
三塚章

僕の近所には、呪われているという廃屋がある。僕は、小学校のとき、一度だけそこに入ったことがある。

呪われている建物というと、病院とか旅館を想像する人が多いかもしれないが、その廃屋は、小さな庭がついている一軒の民家だ。瓦の屋根に、ツタが絡まり始めている灰色の壁。庭には、古くなって色の変わったバケツやジョウロが転がしっぱなしになっている。破れた障子からのぞける中は暗くて、荒れた畳が少し見えるだけ。

いじめられている男の子が自殺をしたとか、事故で死んだおばあさんが住んでいたとか、色々な噂があった。入ってみた人もいるらしいけれど、中年の男の幽霊を見たとか、美女を見たとか、はたまた宇宙人を見たなんて話もあって、結局中に何がいるのかはっきりしない。共通しているのは、出てきたあとでその人が不幸になったらしいということだけだ。

その噂が本当かどうかは分からない。でも確かにその家の傍を通るとき、いつも誰かに見られているような、誰かが立っているような、不気味な感覚に襲われて、僕の足はいつも速くなった。

小学校からの帰り、その日も僕はなるべくその家を見ないようにして横を通りすぎようとした。しかし、目の端で気付いてしまったのだ。いつも閉まっているその家の雨戸が開いていることに。

窓といっても小さな物ではなく、天井近くから床まである掃き出し窓。玄関にカギがかかっていても、ここを通れば家の中に入れる。きっと、夜のうちに誰かが肝試しにでも入り込んで、そのまま戸を閉め忘れたまま出て行ったのだろう。

(入るなら今だ)

そんなことを考えた自分に、自分でびっくりする。そんな怖いこと、できるわけない。僕は本来、遊園地のお化け屋敷に行くのも嫌なくらい怖がりなんだ。

(でも、誰もいない家に入り込むなんて、あのゲームみたいだ!)

ちょうどそのころ、僕は大きな洋館の中を探険するゲームにはまっていた。パズルを解いて鍵のかかったドアを開け、落とし穴の罠を解除して進むような。

和風で小さいのが残念だけれど、誰もいない家を探険するなんて、なんだかそのゲームの主人公みたいじゃないか？　もちろん、ゲームみたいに秘密の隠し財産なんてあるとは思わないけれど。

僕は辺りを見回した。周りに僕以外に人はいない。夏の時期のことで、まだまだ辺りは明るい。セミの声も元気いっぱいだ。とても幽霊が出る雰囲気には思えなかった。それに何より……

『つーかさー、本当にお前ってどんくさいよな～』

『あそこで引っかからなけりゃさあ』

何日か前に友達に言われた言葉が頭の中で鳴り響いた。

『ちょっと、そんなこと言ったらかわいそうでしょ！』

クラスの女の子がフォローをしてくれたけど、それはそれで少し情けない。

その頃、小学校ではクラス対抗の長縄跳び大会が行われていた。一定の時間にどれだけ跳べるかを競うあれだ。どういうわけか、担任の先生が妙にやる気を出していて、それにつられてクラスの皆も優勝をめざして熱心に練習していた。

でも僕は回数が多くなってくると変に緊張してしまって、いつもいいところで引っかかっては皆の足を引っ張っていた。

当然皆はいい顔をしない。いじめられているというほどではなかったけれど、嫌味をチクチク何度も言われて、僕にはそれがとても嫌だった。それに、下手したらそれこそいじめのきっかけになるかもしれない。そういった小さなことでいじめが始まるのを、僕はその歳にはちゃんと知っていた。

でも僕が呪われた家に入り込むほど勇気があると知ったら、きっとクラスの皆は驚くだろう。そして見なおしてくれるはずだ。

気付いたら、僕は庭の中に踏み込んでいた。


膝を越える雑草の中をかき分けて進むと、ムッと土と青臭い草の匂いがする。蚊がひどくて、一応虫よけは塗ってあるけど、そうとう刺されちゃってるだろうな、と思った。

よく見ないと草に埋もれて分からないけれど、庭の隅に並べたレンガで囲まれた場所がある。きっと花壇だったのだろうけど、レンガの囲いの内も外も草で埋もれているのでほとんど周りと区別はつかなくなっている。

その花壇の隅に、立ち尽くす黒い影を見た気がして、僕とっさに足を止めた。恐怖で心臓が跳ね上がった。もう一度しっかり見直すと、もう人影はない。きっと、気のせいだ。これから呪いの家に入ろうなんて考えてるから、少し怖がりになっているだけだ。

僕は大きく息を吐いて、そう自分に言い聞かせると、また歩きだした。

庭を横切り、家にたどりついて、そろそろと窓に手をかける。長い間放っておかれたからだろう、窓は少し硬かった。レールに挟まった小石が、歯の奥をかゆくするようなきしみを立てた。埃っぽく、ひんやりとした空気が家の中から流れてくる。

一瞬靴を脱ごうかどうか迷ったが、畳にカビと何かの糞のような物がへばりついているのを見てそのまま上がることにする。

「失礼します……」

僕の声は自分で思ったよりも小さくて弱々しかった。

他の雨戸が閉められていて、部屋の中は暗い。明るい外から来たから、暗闇に目が慣れるまで時間がかかった。入ってきた戸の隙間から、光が薄いガラスの板のように差し込んで、空中のホコリをキラキラと輝かせている。学校の倉庫に入ったときのような、カビ臭い匂いがした。

家の中は色々な物が誰かが住んでいたときのままで残されていた。少し前、友達のリョウタが引っ越しをしたときは家具を全部持っていったものなのにどうしてだろう?

僕はゆっくりと家の中を見回した。少し型の古いテレビ。古ぼけたバイク雑誌と、薄汚い灰皿がのったテーブル。部屋の隅に散らかったトレーナーとダボダボのズボン。家にある何もかもがうっすらと埃をかぶっていた。

カレンダーに描かれた少女と目があって、ぞっと背筋が寒くなる。普通ならただかわいいだけの絵が、本当に意思を持ってこっちを見ているように見えた。

怖い。思わずそのまま帰ろうとしたが、僕はなんとか踏み止まった。クラスメイト達に自慢するには、何かここに入った証拠を持って帰らないと。話だけでは誰も信じてくれないだろう。そうしたら、せっかくここまで来たのが無駄になる。

足音を抑え、できるかぎり息も小さくして、入ってきた部屋をそろそろと横切る。

隣の部屋に続く襖《ふすま》は、化け猫にでも引っかかれたようにボロボロになっていた。大きく息を吸って呼吸を整えると、僕は取っ手に手をかける。そして一気に引き開けた。

そこは、本当に何もない部屋だった。ささくれだった畳に、小さなタンスが一つ。壁の傍にハンガーラックがあって、色のあせた洋服が何着かかけられていた。

部屋の隅で何かが金色に輝いて、僕はそっちへ振りむいた。


それは小さな仏壇だった。内に、木彫りの仏様と、位牌が納められている。といっても、その頃の僕は位牌なんて言葉は知らなかったから、ただ金色の字で難しい漢字が書かれている札が飾ってあると思っただけだった。ゲームに出てくるようなアイテムみたいで、とてもカッコよく見えた。皆に見せる冒険の証拠に、これ以上ピッタリな物はないだろう。

僕は恐る恐る仏壇に近付いて行った。震える手を伸ばす。

どうせ、ここにあるのは捨てられた物なんだ。大事な物ならば住んでいた人が持っていくはずだ。僕は物を盗む罪悪感をごまかすため、自分にそう言い聞かせた。

もう少しで指先が位牌に触れそうになったとき、僕は小さくツバを飲み込んだ。映画か漫画だと、大抵このあたりでジャマが入るものだ。罠が発動したり、いきなり何者かに襲われたり。

けれどそんなことは起きなくて、僕はその位牌をつかんで廃墟を飛び出していった。走ったのと、少し悪いことをした罪悪感と、今までの恐怖で、胸がドキドキしていた。


僕が持ってきた宝物に、クラスの友人達は沸き立った。噂を聞いて、隣のクラスからのぞきに来る者までいた。

「すげえ！　本当にあの呪いの家に行ってきたのかよ！」

「呪われるぞお前！」

みんなにそう言われて、僕はすっかり得意になっていた。

「ねえ、お化けいた？　なんか変なことあった？」

「ううん、ただボロい家なだけ。何もなかったよ」

「ほんと？」

「うん。なんだか庭で誰かに見られてる感じはしたけど、ただの気のせい」

　僕はにへにへしながら答えた。あんまり目立つことは好きではなかったけど、それでもこうやってちやほやされるのは正直悪い気はしなかった。当然、縄跳び大会のこともからかわれることもなくなった。やっぱり、怖いのを我慢して取ってきたかいがあった。そのときはそう思った。

　もっとも、真面目な女子の何人かはいい顔をしなかったけれど。でも幸いというか不幸というか、僕が事実上の盗みを働いたことを先生に密告する者はいなかった。


　さて、問題は家に持って帰った位牌のことだった。まさか盗んできた物をどうどうと飾るわけにはいかない。もちろん、見つかったら怒られてしまう。

　僕はその位牌を机の引き出しに隠しておくことにした。母さんは勝手に部屋を掃除するけれど、この引き出しだけは絶対開けたりしない。そういう約束になっているのだ。

　引き出しを閉めても、そこにあの木の札があると思うと、なんだかすごくドキドキした。家で宿題をしていても、なんだか落ち着かなくて、引き出しを見てはなんとなくにやにやとしていた。


呪いの家から帰ったその夜のこと、僕はあまりの暑さに目を覚ました。

いつの間にかクーラーが止まっている。手の甲で汗を拭いて、僕は体を起こした。

(リモコンどこ行ったかな)

手を伸ばして探るけれど、小さいリモコンはなかなか見つからない。

そのとき部屋の隅でコトリと小さな音がして、僕は手を伸ばした姿勢で動きを止めた。

ふいに、あの廃墟の噂がいくつも頭に浮かんだ。あの家に入ったものは呪われる……必ず不幸になる……

そうだ。人気者になって忘れていたけれど、そんな噂があったんだ。やっぱり、僕も不幸になるんだろうか？　家が火事になったり、家族が事故にあったり？

暗い中で考えていると、どんどん悪い考えが頭に浮かんできて押しつぶされそうになる。

もう一度変な音がしないか、しばらく耳を澄ませたけれど、時計の音がするだけだ。

たぶん気のせいだろう。あの噂だって、みんながおもしろがって色々つけたしたせいでおおげさなことになっているんだ。

そう考えると少しほっとして、僕はまたリモコンを探し始めた。

タタタタタッ！

今度は間違いようもない、はっきりとした音。

暗闇の中、目を凝らす。

何か、拳大の黒い塊が床を横切り、タンスと本棚の間に消えていく。

（何？　何？　なんなんだ？）

一人でこの部屋で寝るようになってから、今までこんな事はなかった。落ち着き始めていた心臓が、また早くなってきた。

映画で見たポルターガイストっていう奴だろうか？　でもそれだったらもっと大きく机やベッドが動くと思うけど。

とにかく、横になったままでは「何か」に襲われてもすばやく動けない。僕は、ゆっくりと体を起こしてベッドの上に座った。もちろんまたあの黒い影が出てきてもすぐに分かるように、僕は黒い塊が消えた場所をじっと見つめたままで。

心臓が痛むくらいに高鳴る。遠くで、バイクが走る音が聞こえる。どこかの犬が、きゅうんと鼻を鳴らした。そしてやっぱり時計の音。

(あれ……)

しばらくそうしていたけれど、もうあの変な音はしなかった。

(やっぱり、気のせいだったのかな……)

呪いの家に忍び込んだせいで、自分でも分からないうちに怯えているのかもしれない。

でも、さっきは確かに何かが駆け回っていたんだけれど……

僕はなんだか不思議に思いながらも、リモコンを探し出す。そしてクーラーをかけて、

またベッドに横たわった。

けれど気のせいではない証拠に、次の夜もまた僕は目を覚ましてしまった。また、例の

タタタ、という音を聞いたのだ。

昨日と同じように、僕はゆっくりとベッドの上に座りこんだ。

タタタ、タタタ……

やっぱり軽くて小さな何かが走り回っているような音。

そしてやっぱり黒い丸い物がじゅうたんの上を走りまわっている。時々机の下に隠れたり、ベッドの下にもぐったりしながら。

よくある人魂の絵を僕は思いだした。人魂って、ぼんやり光っていて、尾っぽを引きながらふわふわ飛びまわるんだと思っていたけれど、実際は足が生えているんだろうか。そしてこうやって床の上を走り回るものなのか？

クーラーは効いているのに、怖くて変な汗をかくせいで、パジャマがびっしょり濡れていく。


床を指先で叩くような、タタタ、という音は少しずつこっちに近づいてくるようだった。視界の隅で、何かが動く。見失っていた黒い影が、棚の足を通り、上に登るのが見えた。のっていたロボットのフィギュアがぐらぐらと揺れる。棚のてっぺんまで行ったその黒い影は、飛び降り自殺でもするようにそこから跳んだ。

ほんのわずか、多分こんなに緊張していなければ分からないくらい、小さくベッドが揺れる。棚から落ちてきたその黒い何かが、僕のベッドに着地をしたのだ。

黒い塊は僕の膝から腹、肩へと駆け登り、背中を駆けおりていく。まるで誰かの手が、指を使って這いまわっているような、肌を掻《か》く感触。

僕は思わず「ひいっ」と情けない悲鳴をあげた。

やっぱり、あの家に入り込んだのがいけなかったんだ。僕は呪われちゃったんだ。持ってきたあの木の札にお化けが憑いていたんだ！

（ごめんなさい！　ごめんなさい！）

いつの間にか、僕は心の中で何度も謝っていた。なんに対して謝っているのかもよく分からないまま。

そうしている間も、黒い影がかすかな音を立てて部屋の中を走りまわっている。

きっと、呪い殺される。朝になったら、僕は死んでるんだ。多分、切り刻まれるか、理由が分からないまま心臓が止まるかして！

（どうしよう、どうしよう！）

たぶん、この幽霊は、僕が札を勝手に持ってきたから怒っているんだ。だったらちゃんと謝らないと！

（ごめんなさい！　ごめんなさい！　ごめんなさい！）

ぼろぼろと涙が落ちた。心の中で何度も謝りながら、ベッドから降りる。

謝るなら、引き出しから位牌を出して直接したほうがいいと思ったんだ。

四つん這いになって自分の机まではっていく。

タタタ、という音はまだすぐ近くで鳴り続けている。

引き出しを開けようとすると、手が震えているせいでいつもよりがたがたと音がした。

僕は黒光りする位牌を取り出した。とりあえず机の上に置いて拝んでみよう。

そう思ったとき、汗でぬめった手がすべって、位牌を取り落とす。

じゅうたんの上に叩きつけられた位牌は、二つに割れてしまった。

「うわああ！」

僕は慌ててそれらを拾いあげた。

よく見ると割れたのではなく、名前の書かれた札が、それを立てる土台から外れただけだ。

手の汗をパジャマでふくと、木の札をつかみなおした。もとに戻さないと。

でも札はカタカタと穴のふちに当たってなかなか差し込めない。ようやく穴の中に木の札が入り込んだ。

これで異変が終わるかと思ったけれど、甘かった。相変わらず、黒い影は音を立てて駆け回っている。

（ごめんなさい！　ごめんなさい！　明日になったらちゃんと札を返しに行くから許して！）

僕は必死に目をつぶって祈った。

そのままいつの間にか眠ってしまったらしい。目が覚めたとき、僕はジュウタンの上で転がっていた。ベッドはい出たあとがあるし、知らない人が見たら何か殺人事件でも起きたのかと思ったかもしれない。

もう外は朝になっている。いつもと同じように窓から日が差し込んで、スズメが外で鳴いていた。

昨日の夜の出来事は、悪い夢だったのではないか？　そう思ったけれど、引き出しの中にいれておいたはずの位牌はジュウタンに転がっていて、残念だけど夢ではないことの証拠になっていた。

僕は、ゆっくりと起き上がった。昨日よく眠れなかったせいで、頭が痛くて体が重たかった。けれど、なんとか学校へ行った。そして授業中いねむりをして先生に怒られた。

もちろん、位牌は学校の帰り、あの廃屋へ置いてこなければならない。あのカッコいい札を返すのは少しもったいない気がしたけれど、これ以上持っていたらこっちの身がもたない。

ぐったりしながら、呪いの家の前に立つ。

もう一度あの家に入り込むのは本当に嫌だったけれど、あの札を捨てるわけにも行かないし、もちろん誰かにあげるわけにも行かない。

思いっきり深呼吸をしてやる気を出すと、ほとんど走るようにして仏間へ行く。もとあった場所に位牌を返すと、両手を合わせた。

(もうここには二度と来ないし、物を持って帰ったりもしないので、許してください)

何か幽霊の声が聞こえてくることもなく、僕の祈りが通じたかは分からないけれど、とりあえず一応これでちゃんと謝ったことにはなる。

(これでもう何もなければいいけど……)

こそこそと逃げ帰りながら、僕はそう願った。

けれど、それは甘かった。

次の夜、僕はひどい夢を見た。

上から真っ黒い壁が落ちてくる。僕は走って逃げようとするけれど、怖くて体が動かない。たまにちょっと動けたとしても、水の中にいるように、のろのろとしていて、とても逃げ切れるスピードではない。

そのうちにとうとう真っ黒い壁か僕の体にのしかかってくる。全身の骨がみしみしと鳴って、肉がつぶれる感触。押し出される自分の目がこぼれ落ちるのが分かる。

何も悪いことはしていないのに、どうして僕がこんな目に！

意識がなくなる瞬間、怖いよりも、目の前が真っ赤になるような怒りと憎しみが湧き上がってきた。僕は叫び声を上げた。

気がついたら、僕は汗をかいていた。胸が苦しくて、ぜいぜいと息をする。心臓はまだどきどきとしている。

起き上がろうとしたとき、シーツに小さな血のシミがついているのに気づいた。

鈍い痛みを感じて腕を見る。ひっかいたような、小さな傷跡があった。思わず僕はびくっとした。黒い塊に襲われたのが現実だったように、さっきの夢もひょっとしたら現実だったんじゃないか？

でも、体には小さな傷が一つあるだけで、つぶれたはずの目もしっかり見えている。だいたい、あれが夢じゃなかったら、僕はとっくに死んでいるはずだ。

さっきの気色の悪い感触を思いだして、僕は震えた。

「早く起きなさい！　遅刻するわよ！」

下から母さんの声が聞こえてきた。

幸い、腕の傷は浅いのでもう血は出ていない。母さんに見つかっても、あまりしつこく聞かれたりはしないだろう。聞かれたとしても、どこかでひっかけたとかなんとか、ごまかせるレベルだ。

はあっと僕は溜息をついた。

こんな目に遭うのもきっと、呪いの家に入り込んだせいだ。でももうあの木の札は返したのに。

まだあの家の幽霊は怒っているのだろうか？　だとしたらどうしたらいいのだろう？　神社かお寺にいって、お祓いをしないといけないのだろうか？

僕はよろよろと階段を下りた。学校に行く準備をしないと。本当は、家にこもってベッドで丸まっていたい。けれど、「学校を休む」と言ったらお母さんはどこか悪いのかとか、学校で何かあったのかとか、色々聞いてくるだろう。そうしたらうっかり呪いの家に入り込んだことを言ってしまうかもしれない。

取りあえず、朝ごはんを食べなくちゃ。

顔を洗うついでに水を飲む。いつもはミネラルウォーターだけど、あの夢のせいですごく喉が渇いていたのだ。

台所に行くと、お母さんは冷蔵庫を開けて何かおかずを出そうとしていた。そして急に「あら、これどうしたの！」と怒ったような声をだした。

「ほら！　これ。あんた食べた？　今日のおやつにしようと思ったのに」

母さんが取り出したのは、チーズケーキののった小さな皿。こんがりキツネ色の小さなケーキに、ラップごと小さな歯型がついていた。

「ち、違うよ。僕じゃない」

もちろんそれは本当だった。犯人はきっとあの呪いの家からついてきた幽霊の仕業だ。

そう思うけれど、人の家に入り込んで物を盗ってきたなんてとても言えない。僕はただ首を振るしかなかった。

前みたいに怖い夢はもう見ることはなかったけれど、それでもまだちょっとした怪奇現象は続いていた。

そのせいで寝不足が続いていて、学校に行っても、授業の内容はまったく頭に入ってこなかった。まあ、いつものことではあるけれど。

ぐったりしながら家に帰ると、お母さんが掃除機をかける音がしていた。二階にある僕の部屋からだ。

僕はそっとため息をついた。やっぱり木の札を返してきてよかった。一応約束はしてあるけど、うっかり引き出しを開けられて、もしあれが見つかったら怒られただろう。

「あら！」

お母さんが驚いた声をあげたのが聞こえて、僕はドキッとした。

(何か、あの木の札のほかに、見つかったらまずい物があったっけ？)

手を洗うのもそこそこに、僕は二階に上がってそっと部屋をのぞき込んだ。

お母さんは、じっと下を見つめている。放っておかれたままの掃除機が、ぞぞぞぞっと音を立てていた。

「気持ち悪い。何よこれ」

お母さんがようやく掃除機をとめると、じゅうたんの上から何かを拾い上げた。

「え、な、何を見つけたの？」

僕はそろそろとお母さんに近づいていった。

「ほら、これ」

お母さんの手の平には、指先ほどの白い物がのっていた。少し曲がった板のような形をしている、小さな何かのカケラ。

なにか、壊れたおもちゃの破片かと思ったけれど、心当たりはなかった。あの黒い影に棚から落とされたフィギュアが無事なのは確認済みだし。

お母さんは眉をひそめる。

「これ、ネズミの歯じゃないの？」

お母さんは若いとき少し獣医になるための勉強をしていたことがあったらしい。だからその判断は間違っていないはずだ。

でもそんなことを言われても、こんなものを部屋に持ち込んだ覚えはなかった。

ひょっとして、呪いの家に入ったときに服についてきた？　でも、花びらや紙くずと違ってこんな大きなものがくっついていたら分かりそうなものだけど。

「いやねえ……なんだか気持ち悪いわ」

お母さんはその骨を持って部屋を出ていこうとした。

「あの、それ、どうするの？」

「どうするって、どっかに埋めてくるわ。ゴミと一緒に捨てるんじゃかわいそうだからね。どこかに埋めてお祈りしてあげなきゃ」

そう言ってお母さんは廊下に出ると部屋の戸を閉めた。

その途端、壁の奥からパンと音がして、僕は身を硬くした。昼なのに、またあの化け物が現れて暴れるんじゃないか。

息をつめて待ち構えるけれど、何も起こらなかった。純粋に気温か湿度の関係で、壁の中の柱が鳴っただけのようだった。

僕ははあっと息を吐いた。


どういうわけか、お母さんがネズミの骨を捨ててから、おかしなことは起こらなくなった。夜は静かに眠れるようになったし、前みたいに嫌な夢を見ることもなくなった。

僕は何もしていないのに、どうして異変が収まったのか不思議だったけれど、そのときの僕にはどれだけ考えても理由が分からなかった。

何も異変が起きないと、そのうちにあれだけ怖かったのがウソみたいに思えるようになった。

僕はだんだんと呪いの家に入り込んだことも、位牌を盗んだことも、少しずつ忘れていったくらいだった。


それから僕は成長し、大学生になり、実家を出て一人暮らしをはじめた。

そうなると距離のある実家に帰るのは面倒くさくなり、母親に「少しは顔を見せなさい」と怒られるくらいになった。

だから夏休みに久々帰ってきたとき、駅から実家に続く通りにまだあの廃屋があったのは少し意外だった。なんとなく、とっくに取り壊されていると思っていたのだ。

（そういえば、子供のときにあの家に忍び込んだことがあったなあ）

相変わらずその家は不気味だったが、ほんの少し懐かしくもあった。

その家の横を通り、久しぶりの我が家に帰って、二階の部屋に荷物を置いてくる。

「まだあの家残ってたんだ」

台所で休みながら、僕はなんとなく母に聞いた。

「ああ、あの呪いの家?」

夕飯の準備をしながら母が言った。今日はカレーのようで、まな板の上で野菜が真っ二つにされていく。

母さんの背中は少し小さくなったようで、僕は少し淋しくなった。

「そうそう、その家。そういえば、みんな『呪いの家』って言ってたけど、なんかそういうイワクでもあったの?」

なにせ小学校のときだったので、嘘っぽい噂しか聞いたことがない。

僕がそういうと、母は玉ねぎを切る手を止め、少しの間考え込んでいるようだった。

「そうねえ……子供に聞かせるような話じゃないから、親達も先生達も隠してたんだけど……でももう平気よねえ……」

そこでまた母は少し口ごもった。

きっと、言葉と反対に僕のことをまだまだ子供だと思っているのだろう。だからあまりよくないことは聞かせたくないというわけだ。

ゆっくりと話し出した母にその気はないだろうが、僕はなんだか焦らされている感じがした。

あの家には、夫婦と姑が一緒に暮らしていたんだよ。奥さんのミナコさんは、私も何度か会ったことがあったよ。

ミナコさんのところの姑は嫁いびりがひどくてねえ。ミナコさんにいつも嫌味を言って、嫌がらせをしていたんだよ。

旦那さんは、ほら、マザコンっていうの？　そんな母親のいびりを見て見ぬ振りをしていたの。

ミナコさんがとっても苦しんでいるのは端《はた》から見ても分かるくらいでね。

結婚したばっかりのときは、そりゃあもうキレイだったんだけどねぇ。

そのうち髪はぼさぼさになっていって、どんどん痩せていって。目つきもこう、なんか、こっちをジッとうかがうみたいにおかしくなっていって。昔の事だったから、今みたいに色々相談できるところもなかったし……

でも、やっぱり罰《バチ》があたったのかしらね。姑が事故死してね。当然旦那さんは悲しんだんだけど、ミナコさんは少しずつもとの明るい性格に戻っていったよ。こう言っちゃなんだけど、よかったって思ったぐらいよ。

「え？　それのどこが呪いの家なの？」

思わず僕は口を挟んだ。

亡くなった姑には悪いが、嫁さん的にはめでたしめでたしじゃないか。それに、それこそこう言っちゃなんだけど、どこにでもありそうな話で、特別悲惨というわけではない。

「それからまだ少し話があってね。残った二人は仲良く暮らしてたんだけどね。ある日突然、夫がミナコさんを刺しちゃったの」

それには少し僕も驚いた。

「え？　なんで！　姑がいないなら、うまくいきそうなものだけど」

それに、嫁がかばってくれなかった夫を恨んで刺すのならまだ分かる。でも夫が今まで我慢してきた嫁を刺し殺そうとするなんて。

あの家に入り込んだときは気が付かなかったけれど、ひょっとしたらどこかにそのときの血のシミがあったのかもしれない。そう考えるとあんまりいい気はしない。

「さあね。どうしてだか。夫婦ゲンカの末にって話だけど。当日、言い争っている声を聞いたって人もいるし……」

母は、切った野菜と肉を鍋に入れて火にかけた。

「あんたは生まれる前だったから知らないでしょうけど、当時は警察とか野次馬とか、いっぱいあそこに集まって結構騒ぎになっていたんだから」

そこで母は大きくため息を吐いた。

「それで、旦那さんは……?」

「旦那さんは警察に捕まって、それから帰って来てないわ。たぶん刑期を終えて知らない土地にでも行ったんでしょ。それから全然噂も聞かないから、今は生きているのか死んでいるのか……」

なんだか確実に家族がバラバラに壊れていく話は、聞いていて不気味な物があった。もっとも、家族一緒にいたときもお嫁さんは幸せではなかっただろうけど。

「ミナコさんはなんとか一命を取り留めて、しばらくあの家に住んでいたんだけどね。結局実家に帰っていったわ。そしてそこで自殺しちゃったって」

母は思い切り顔をしかめて見せた。

なるほど、姑が事故死して、旦那が傷害事件を起こして行方不明、嫁が自殺したのなら、『呪いの家』と囁かれるのも無理はない。家財道具が残っていたのも、住人がちゃんとした引っ越しをする余裕がなかったからか。

そして、僕は自分が昔やったことを思い出して改めてぞっとした。

僕が持ち帰った位牌は、おそらく姑のものだったのだろう。旦那さんは行方不明だし、ミナコさんが死んだのは実家なのだから、それが一番確率が高い。

では、あの走り回っていた黒いモノは、その老婆の魂？　じゃあ、あのジュウタンに転がっていたネズミの歯は？　少し考えてみたけれど、やっぱり分からない。

鍋の中身が、ぶつぶつと泡を立てている。その光景は、なんとなく僕に小さいときに絵本で見た血の池地獄を思いださせた。

「なんというか……怖いね。姑の意地悪で一家がバラバラになっちゃったんだ」

色々思うことはあったけれど、僕の感想は結局なんだかとってもありきたりな物になった。

なんだか小さいときに吸った、あの呪いの家のカビ臭い空気を思い出した。

いわゆる「そういった能力」を持った人なら、あの薄暗い部屋の中に、人の恨みや憎しみが黒い霧のように漂っていたのが見えたかもしれない。

「それにしても、本当にあのお姑はひどかったみたいよ～毎回毎回料理に文句を言うのは当たり前！　ミナコさんの両親の悪口を言うのは当たり前！　ミナコさんの物を勝手に捨てるのは当たり前！」

母は少し怒りの混じった口調で言う。

「それにこれはミナコさんから直接聞いたんだけどね、ミナコさんが可愛がっていたハムスターを『うっかり』踏み潰したんですって！」

特別に動物好きでなくても、それはひどすぎると思うだろう。普通なら、僕もそう思うはずだった。だけど、今の僕にかわいそうな小動物を思いやる余裕はなかった。それを聞いたとき、僕の頭の中で何かが砕けたような衝撃に襲われたからだ。

僕がショックを受けているのに気づかず、母はのん気にしゃべり続けている。

「旦那さんも旦那さんよ。自分の妻をかばってあげなかったんだから。奥さんがそれに怒って旦那を刺すなら分かるけど、なんだって旦那さんはずっと我慢してきた嫁を壊したのかしら」

ついさっき、僕が考えていたのと同じことを言う。

たぶん、僕はもうその理由を知っている。

僕は菓子と飲み物を買いにコンビニに向かいながら、だらだらと色々なことを考えていた。コンビニの途中に例の呪いの家があるのを考えれば、自分でも気づいていないだけで、もう一度あの廃屋を見てみたかったのかもしれない。

大学に行って、自分とは違う人と出会うことで、色々な事を知ることができた。地域の風習の違い、なんていうのもその一つだ。

他の地域では、位牌というのは土台に戒名を書いた木の札を差しただけのものらしい。でも、僕の生まれた所では、遺骨をすべて墓に納めず、ほんの一かけら取っておく。そしてそれを位牌の土台に納める。

詳しいことは知らないが、位牌というのは故人の代わりにするものなので、体の一部があった方がよりいいということなのだろう。

もっとも、小学校のときはそんなことは知らなかったけれど。

そう、小学校のときはそんなことは知らなかった。

だからあのとき、ジュウタンの上で見つかったハムスターの歯と、落として外れた位牌の土台と結びつけられなかったのだ。

ミナコさんは、踏み殺されたハムスターの骨を姑の位牌に入れた。姑が供養され成仏されるのを防ぐように。自分を守ってくれなかった夫が、母親だと思ってハムスターに手を合わせるのを見て、内心でバカにしてあざ笑うために。

夫がミナコさんを刺したのも、それで説明がつく。きっと、遺骨がすり替えられたのが、何かの拍子にバレたのだろう。旦那は、自分の母を冒涜《ぼうとく》した妻が許せなかったのだ。

あのとき、僕の家で起きた異変。あれは位牌の中にいたハムスターの霊の仕業だったに違いない。

今だにあのとき見た悪夢の感覚は覚えていて、僕はぶるっと身を震わせた。あれはハムスターの霊が踏みつぶされるときの記憶を僕に見せた物だったのだろう。

思えば、あのハムスターだってかわいそうだ。夫や他の人がいくら手を合わせても、姑の位牌の中で、姑への祈りを向けられていては慰めにはならないはずだ。

まだ庭に埋められて、名前を書いたアイスの棒を立てられ、祈られた方がいいんじゃないか？　どんなに安っぽくても、それはハムスターのためだけの供養なのだから。

冷静に考えてみたら、それぐらいミナコさんも分かりそうなものだけど、恨みでまともな判断ができなくなっていたのかもしれない。

そういえば、母はあの骨を捨てるとき、「お祈りしてどこかに埋める」と言っていた。自分のために供養をしてもらえたハムスターはそこで初めて成仏できたに違いない。だからあれ以降、異変は起こらなかったのだ。

気がついたら、僕は呪いの家の前の通りに来ていた。

夏の夕闇はゆっくりと近づいてくる。まだ細かいところを見るのに十分な明かりが残る中で、その家は記憶よりもずいぶんと小さく見えた。ただ、壁や屋根の傷みはひどくなり、絡まったツタは広がり、凄味が増している。今にも崩れ落ちそうで、幽霊よりも柱の下敷きになるのが怖くて入れそうにない。

あの日と同じように、庭も花壇も埋もれる雑草で一体化していた。セミの声に混じって風が吹くたびザワザワと葉ずれの音がする。

あれから、雨戸は鍵をかけ直されることもなく、ずっとあのままのようだ。

ひょっとしたら、僕の後にも何人かこの家に入り込んだのだろうか。あのときの自分と同じくらいの歳の少年が、あるいは今の僕と同じくらいの歳の、好奇心旺盛《おうせい》な大学生が、びくびくしながら入り込む所を想像するとなんだか少しニヤけてくる。

そういえば。

ふと僕は一つの謎に思い当たった。

姑の位牌にハムスターの骨が入っていたのなら、本来その位牌に入るべき姑の骨はどこに行ったのだろう？

嫌な答えにたどりつきそうで、ざわざわと心がさざ波だってくる。

そのとき、子供のときと同じように、何かに見られているような気配がした。

風が吹いて草が揺れた。暗くなる前の一鳴きをしていたセミが一匹、大きな声をあげて飛び立っていく。

僕は、視線を感じる方に目を向けた。


庭の隅、レンガで囲まれた一角。その草の間に立つ人影。うつむいていて、痩せていて、背の低い老婆の姿。

僕がさらに良く見ようと目を凝らしたときには、それはもう消えてしまっていた。

ああ、そうか。

最後の疑問が解けた。

たぶん、嫁は姑の骨を花壇にまいたのだろう。市販の腐った葉っぱや生き物のフンと一緒に。砕いて土に混ぜてしまえばきっと誰にも分からない。

理科室にある乳鉢のような、分厚く、小さく、深い真っ白な食器。

なぜかそんなようなものが頭に浮かんだ。

チリン、とかすかな音を立て、骨のかけらが入れられる。長い間肉を支えてきたそれは、まるで変わった形のウエハースのようにすかすかだ。小さなすりこぎ棒が叩きつけられるたび、サリ、サリと音を立てる。その棒を動かしている女性の顔は——

鬼か悪魔のようなひどい表情をしていたのか、それともいっそ穏やかな笑顔だったのか、僕は知らない。

そもそも、食器で骨をすりつぶしたのでは、なんてのも僕の勝手な想像だ。

買物をする気分でなくなった僕は、そのまま家に引き返し始めた。背中に相変わらず誰かの視線が貼りついている感覚がして、僕は足を速めた。まるで臆病な子供に戻ったかのように。


（終）

讐愕旅行

104

人里から離れ、鬱蒼とした木々を抜けた場所に建物は存在した。壁を這うように巻き付く蔦、割られたままの窓ガラス、屋根から私達を見下ろすカラス……。

全員が首を傾げる理由は二つ。建物自体が左に傾いている事と、まさかこんな場所に寝泊まりさせるつもりじゃないよなという無言の訴えだ。

しかし教師達は、そんな生徒の思いを平気で踏み躙る。狭い駐車場に停められた数台のトラックを指差し「各自、布団と枕を部屋に運べ」と言う。マジかよ、という誰のものか分からない呟きが聞こえてくる。

薄すぎる布団を肩で持ち、玄関へと向かう。開けたままにされた扉には、丸と棒線を引っ付けた文字がスプレー缶で書かれている。

そう、ここは異国の土地――韓国。


人生初の海外なのだが、既に帰りたい気持ちで一杯だった。先程から背筋が痺れ、指先が震えるのを止められないのだ。

ガア、というカラスの鳴き声に驚かされ、睨み付けるように屋上を見る。するとそこに人影のようなものが見えた。ここの従業員だろうか、あんな場所で何をしているんだと思った瞬間――首筋に冷たいものが走る。背後から指先で撫でられたような感覚。咄嗟に振り返ると、クラスメートが目を丸くしてこちらを見てきた。

「な、なんだよ突然。どうした?」

悪戯をして、からかっている様子ではない。僕は早鐘のように鳴り響く心臓を抑えながら、努めて冷静な表情を崩さず「いや、なんでもない」とだけ答えた。


——これは私、104が高等専修学校時代に体験した恐怖実話である。


今は無き母校を一言で表すなら『最悪』に尽きる。高等専修学校で、三年間頑張れば大阪にある関連校の卒業資格を与えるというもの。それ故に偏差値も低く入学自体は敷居が低い為、中学時代に様々な問題を起こした生徒が大半を占めていたように思う。当然、私もその部類に入る訳だが。

校舎はプレハブ小屋を重ねたような建物、グラウンドは無く体育の授業は近所の公園。教師もやる気がなく授業開始と共にプリントを配らせ教壇で眠り、質問すれば怒鳴られる。生徒を「クズ」「カス」と呼び、反抗的な者に対しては前歯を折られるまで殴り「親には黙っておけ」と脅しをかけてくる大人だった。今では信じられない話だが、昔はそれもまかり通っていた節がある。

そんな監獄同然の場所も学校である以上、三年目には修学旅行がやってきた。多額の旅行費をふんだくり、金を浮かそうとする魂胆は見え見えだった。近場では親を騙せないので、国内よりも破格で行ける韓国に決定したのだと思う。

旅行当日、現地へ到着した僕達はボロボロのバスに乗せられた。主要な観光名所など目もくれず、延々と移動時間が続く。女性バスガイドの日本語は何を言っているのかよく分からず、運転手に至ってはアロハシャツに短パン、片手でハンドルを回し、狭道でも百キロ走行というふざけた行為。途中で後輪がバーストするというアクシデントにも、速度を落とさず進み始めたときには信心深い生徒が手をあわせて念仏を唱え始める始末。

少しずつ人気の無い場所へ向かうバス内で、もしかしたら僕達はこのまま売り飛ばされるのではないかという不安と本気で戦っていた。

バスがようやく到着し、人身売買の恐怖から解放された僕達は新たな恐怖と対面……そして今に至る。

建物は旅館のようだが、どう見ても営業している感じでは無い。フロントらしき場所に積もった埃を指でなぞる。廃業して五年……いや、十年は経過しているだろうか。

ギイギイと悲鳴をあげる階段を上り、二階の僕達が宿泊する部屋へ。八畳程の広さに三人、少々手狭に感じた。ユニットバスだが水垢で汚く、トイレも一度使ったら三十分は流れないらしい。旧型のテレビは番組を見る事は出来ないが、砂嵐が映っただけで感動してしまう。電気が生きているという事だ。

幼少期の秘密基地を思い出しつつ、余りの汚さに荷物を置く事すら躊躇っていると、友人の伸《しん》君が「ちょっと、あれ」と言い出す。それは壁にかけられた一枚の絵。額縁はひび割れ、せっかくの風景画も陽に焼けて状態が悪い。有名な画家の絵なのか？　と訊ねるが、伸君が言いたい事は違っていた。

「前に聞いたんだけどさ。霊とか出る部屋って、こういう絵の後ろにお札とか貼って隠してるらしいよ」

何を言っているんだと思ったが、それを聞いたもう一人の友人である本田が「面白そうじゃん、見てみようぜ」といって額縁に手をかける。

そんなのが見つかったら、今後この部屋でどう過ごせというのか。嫌な予感がしつつも止めとけとは言えず、ただ僕は彼らの行動を見守った。その結果――。

「……なんだよ……これ……！」

見つかったのは、お札では無かった。壁に開けられた小さな三つの弾痕、更にはベッタリと変色した血の痕らしきものがこびりついていた。

「洒落にならねぇ……マジでヤバいだろ」

慌てて額縁を元に戻す本田。傍で見ていた伸君の顔色も明らかに悪くなっている。

何を言えばいいのか分からず静まり返っていると、外から拡声器を使った担任の声が聞こえて来た。三分以内に駐車場へ集まれと言う。

何も言わずに出ていく本田。茫然と立ち尽くす伸君の肩を叩き、僕は「行こう」と告げた。彼は微かに頷き、歩き始める。

「先生に他の部屋に移れないか聞いてみよう。無駄かもしれないけど」

あの教師達が言う事を聞いてくれる筈も無いので、真っ先に付け足しておく。それが分かっているので伸君も「……いや、いいよ」と答えた。

「……ごめん。僕が余計な事を言わなければ、知らないままでいられたのに……」

意気消沈する彼の背中を、僕は少し力を込めて叩く。済んだ事をとやかく言っても仕方が無い。もしかすれば、単なる悪戯かもしれないのだから。

……そう励ましながら僕は分かっていた。ここで間違いなく『何か』が起こり——そして今でも『何か』が起ころうとしている事を。

駐車場に集められた僕達は、遅めの昼食を取る事になった。配られた弁当は見た目も悪く、更に不味かった。しかし教師から「残したら分かってるだろうな」という脅しを受け、無理やり口に運ぶ。

味わう前にお茶で流し込むという方法で一気に弁当を片付けた僕は約束通り、教師達へ部屋を移れないか聞いてみた。一応、同室の佐々木君が体調悪いようなので一階の部屋にしてあげたいのですが、とは言ってみたが……。

「なんで儂らがお前等のようなモンの言う事を聞かにゃいけんのじゃ。あ?」

睨まれてしまう。経験上、ここから更に口答えをすれば鉄拳制裁となる。仕方が無いので立ち去ろうとした僕を、担任は「おい、学級委員長」と言って呼び止めた。

「全員に伝えとけ。宿泊場から一歩でも外へ出れば容赦せんとな。ここら一帯は治安が悪く、命の保証は出来んそうじゃ。お前等に何かあってもどうでもいいが、学校に迷惑をかける真似はすんな」

後ろに組んだ手で握り拳を作りながら、僕は「分かりました」とだけ告げる。研修の度に脱走者は現れるが、ここは韓国。逃げ出す生徒もいないだろうと考えつつ、そういえば今は修学旅行中だったなと思い出す。もはや僕達に浮ついた旅行気分など無かった。

「トシ、外に出ようぜぇ」

昼食を終えた後、用意されていた掃除道具を渡され建物中の清掃を命じられた僕達。それは辺りが暗くなるまで続けられ、夕食も昼と全く同じ不味い弁当が出され肉体的にも精神的にも弱り切った夜。別室の大森と西野が驚きの言葉をかけてきた。

「おろ、佐々木に本田も一緒？　どしたよ、暗い顔して」

銃痕と血痕の事など言えるはずもないので、先程シャワーを浴びようとしたらお湯が出ず、冷水で震える身体を洗った事を話す。

「こっちはサソリみたいな生き物が出てさぁ、マジでビビッた。あんなの見た事無いっつの。刺されたら死ぬんじゃね？　ま、それはそれとして」

「喉が渇いたから、そこの自販機でジュースでも買おうと思ってさ〜。そしたら自販機が壊れててウケる〜」

僕達は空港で日本円をウォンに替えていた。けれども使えなければ意味が無い。

外には出るなと言われたが、警告を促した当人達は夕食時に車でいなくなったのを他生徒が確認している。今頃は繁華街で美味いものを食べ、マッコリでも飲んでいる事だろう。つまり律儀に言う事を聞く必要は無い。何より僕も喉がカラカラだ。

「……よし、行こうか」

ここへ来る途中、道沿いに個人商店らしきものがあった。あそこなら飲み物も売られているはず。問題は夜道をどうするか……そんな考えを読んでいた大森が、自慢げな表情で懐中電灯を取り出す。日本から持ってきたのか訊ねると「まさか」と笑って見せる。

「建物を掃除してる時に見つけたのさ。電池も残ってて明かりもつく」

「何人か他の生徒にも声掛けておいたから、万が一先生が戻ってきたとしても口裏を合わせてくれるよ〜。あ、これ皆の買い出しリストね〜」

ちゃっかりしていると半ば呆れつつ、僕達は手短に支度を終えて外へ出た。当然、辺りに外灯は無く懐中電灯の光だけが頼りとなる。

雑談をしながら歩く事しばし、ずっと黙っている伸君に僕は「建物に残っていてもよかったんだぞ」と声をかけた。すると彼は浮かない顔をしたまま「あそこにいるよりは外の方がマシだよ」と答える。かなり気が滅入っている様子だ。

「何かあったのか？」と訊ねてくる大森に対して僕がどう答えるべきか考えていると、横にいた本田が部屋で発見した血と銃痕の事を話してしまう。それを聞いた二人は「マジで？」と眉根を寄せながら呟いた。

「そういえば、さっきも鈴木から部屋を変えてくれって頼まれたなぁ」

「鈴木？　俺、数分前にアイツの部屋に行ったぞ。バスで借りた携帯ゲーム機を返そうと思ってな。誰もいなかったんで置いてきたけど。アイツらの部屋ってさ、俺らの部屋と違って畳が敷かれてあんだよ。広さは同じ位なんだけど真ん中をポッカリ開けて、おかしな布団の敷き方してたわ。ドーナツみてぇに」

本田の何気ない言葉に、僕は違和感を抱く。

畳、そして真ん中を空ける布団の敷き方……。あれだけの不気味な建物だ、僕達の部屋だけで惨劇が起こったとは限らない。これは僕の仮説だが、もし畳の一枚だけが新品だったり何らかの不自然な感じがあったとしよう。それを伸君や本田のように興味本位で畳を引っくり返してみた所、同じように血痕等が見つかったとすれば……不気味で、僕ならばその場所に布団を敷いて眠るなど出来ない。

……いや、いくらなんでも考え過ぎだろう。ドラマや小説じゃあるまいし、こんな身近に恐ろしい事が起こってたまるものか。それに過去、あの建物で何かあったとするなら何故放置している？　僕達の宿泊先にするなんて考えられない。

「……多分、僕と同じ事を考えていると思うよ……」

伸君が低い声で僕に言う。同じ事……？　いや、違う僕は——

「あの建物は危険だよ……よくない事が起こる……絶対に……」

生唾を飲み込んだ喉がひりつく。否定しなければ、そんな事は無いと。気休めでも安心させなければ。何か言葉を、何か……。

「おっ、見ろよ。明かりだ。あれがバスから見えた商店だよな？」

言われて目線を向けると、確かに小さな光が見えた。僕は内心助かった気持ちになりつつ、早足で目的地へと向かっていく。

「これまた汚ねぇ店だなぁ、オイ」

相手が日本語を分からないと知ってか、遠慮の無い台詞を大声で発する大森。せめて歴史を感じるとか趣きがあるなど言って欲しい。

向かってくる相手と譲り合わなければ通れない程の狭い通路、雑多に並ぶ意味不明の売り物、総じて商店より駄菓子屋と言った感じだ。店の奥へ鎮座する腰の曲がったお婆さんは接客するつもりが無いのか両目を瞑り、モゴモゴと口を動かしている。

適当に何と書いてあるのか分からないスナック菓子を手にする。袋にホコリが溜まっていて、いつから売れ残っているのか想像も出来ない。賞味期限が書かれていない事も不安を募らせる。

とりあえずお腹を壊さずに済みそうな物を見繕い、お婆さんの前に並べる。「えーと、チェックオーケー？」「ハウマッチ？」など拙い英語力で話しかけるが、一向に動いてくれない。困り果てた僕達は韓国の物価など分からないので、一枚ずつウォン紙幣を置いていく事にした。五～六枚程並べたとき、突然お婆さんの手が全てのお札を掴み、レジの中へ入れてしまう。会計完了、と言う事だろうか……？

購入した商品をカバンに入れ、「もしかして俺達、ぼったくられたんじゃね？」等と言いながらお店を出ようとしたとき。

『――――』

韓国語らしき言葉が聞こえて来たので振り返る。店に残っていたのは僕と伸君だけだったので、前の三人には聞こえていない。「何ですか？　すみません、韓国語は分かりません」

と日本語で喋りながらジェスチャーをするが、お婆さんは再び目を閉じたまま口をモゴモゴさせるのみ。

何となく気になりつつ、僕はお婆さんに頭を下げて店を後にした。

「あのお婆さん、最後に何て言ったんだろうね」

宿泊場へ戻る途中、仲君が話しかけてきた。僕は「ありがとうございましたとか、そんな事じゃないかな」と答えると「そうなのかな？」と言って腕を組み、考え事をするような仕草をして見せた。

「本当にあの声は、お婆さんだったのかな」

ボソリと、そう呟く。どういう意味なのか尋ねようとしたが、止めておく。

その内に背中が痺れる感覚が始まり、僕達が今晩過ごす場所が近付いてきた事に気付かされる。駐車場を確認するが車の姿は無い。教師達は戻っていないのだろう。

先頭を歩く大森が玄関に迫ったとき、ある異変に気付く。建物内から悲鳴のような声が聞こえるのだ。

「おい何だ？　どうしたって言うんだよ？」

本田が待合室にいた生徒に声をかける。そいつは怯えた表情を見せた後、僕の姿を見て

「お、おい！　確かお前、学級委員長だったよな!?」と訊ねてくる。

「今すぐクソ教師共に連絡を取れ！　こんな場所に居てられっかよ！」

とりあえず落ち着けと促すが、彼の目は泳いだまま。何かに怯え、辺りを気にしている。

「……俺だけじゃない……！　色んな場所で……何なんだよ、アイツら……ッ!!」

あちこちから悲鳴は上がり続けていたので、僕達は手分けをして現場へ向かう。二階へ行くと、廊下でうずくまる生徒が見えた。何があったのか訊ねると、とある部屋を指差す。それは大森が言っていた畳のある角部屋だった。

警戒しながら中を覗いた瞬間、『それ』は居た。囲まれた布団の中央、両手を使わず土下座をしているような態勢で突っ伏していた。薄い頭髪、汚れた感じのTシャツ、顔こそ分からないが、生徒では無い事は明らかだ。

ズズズ、と折れた両膝が動くのを見て、僕はヤバイと感じる。すぐに目線を外し、泣き崩れている男子生徒に「立て！　外へ出るぞ！」と言い放つ。彼は何度も頷き、慌てた様子で階段へ向かう。

自分も逃げようとした瞬間、背後から腕を引っ張られた。僕の後ろ、それはつまり怪異のいる部屋。他の誰も中には居なかった……と言う事は、つまり――。

僕は力の限り抵抗し、腕を払う。そのまま階段へ向かい走り出すと、僕達の部屋が見えて来た。そのまま通過するつもりだったが、扉は開けられていたので一瞬目線を中へ向ける。誰かが立っていたのが分かった。学校指定のジャージだとすぐに分かったので、僕は歯を食いしばって方向転換。部屋の中へと入る。

そこにいたのは伸君だった。ぼうっと部屋の真ん中に立ち、ある一点を見つめている。僕は「伸君！　何してるんだ！　外へ出るぞ！」と叫ぶ。すると彼は「……ああ、丁度良かった」と呟く。

「荷物だけでも持って行こうと考えて、部屋に来たんだけどね。すごく困っていた所なんだ。どうしようか、人を呼ぼうかなって」

伸君は、ある場所を指差す。それに引っ張られるように目線を向けた僕は、そのまま身体が硬直してしまう。

「子供が、紛れ込んでいるんだ」

それは部屋にあるタンスだった。そこへ体育座りのような姿勢で、小学校低学年位の女の子がじっとこちらを見ている。

背中の痺れが全身に駆け巡り、汗が噴き出す。明らかに普通ではない存在を前に、何故平静を保っていられるのか。ゆっくり頭を動かして伸君を見ると、彼は笑みを浮かべていた。既に彼の中で、何かが壊れてしまっていたのだと思う。

僕は無言のまま伸君の手を掴み、そのまま部屋の外へ向かった。「ちょっと待ってよ、子供が」と言い続けるのを無視して。

（――後々、伸君にこのときの話を聞いてみた。だが彼は一切覚えていないと言う。では、どこからの記憶は残っているのか訊ねると、商店で物色をしている最中の事はボンヤリと覚えているが、気が付けば朝になっていたらしい）


一階まで降りると、既に人の気配は無くなっていた。全員、外へ脱出したらしい。

だが、あちこちから何やら大きな音が聞こえてくる。爆竹に似た音だが、すぐにある事を思い出す。それは壁に開けられた弾痕。

傍の窓ガラスに目をやるが、全く震えていない。もしかすると、この音は僕にしか聞こえていないのかもしれない。ラップ音のようなものなのか、それとも僕の恐怖心が生み出しているものなのか。

なんとか建物を出ると、近くで生徒達が言い争っているのが見えた。その場にしゃがみ込む伸君を置き、騒動の中心へ向かう。

「くだらん事を言うとらんで、早う中へ戻らんか‼」

聞き慣れた声が聞こえ、無意識に舌打ちが出てしまう。群衆を掻き分けて前に出ると、僕を見つけた担任が「おい！　学級委員長！」と声をかけてきた。

「お前がおって何じゃ、この体たらくは！　さっさと旅館の中へ全員をぶちこめ！」

そう言って酒臭い息をかけてくる。近付くと顔も真っ赤で、かなり酔っている様子。

僕は殴られるのを覚悟で、これまでの経緯を話した。「何を馬鹿ぬかしとるんじゃ」と呟く担任に向かい、別の教師が耳打ちで話を行う。しばらく教師の間だけで何やら会議が始まり、そして数分後。

「全員、バスの中へ入れ。今日はそこで寝泊りじゃ」

ふざけんなという声もあがったが、これだけの大人数である。今から別の宿泊先など見つかる筈も無い。かといって悪霊うずまく建物の中へ戻る勇気など持ち合わせていないので、仕方なく妥協する事となった。


駐車場へ停められたバスへ向かう最中、僕を含め恐らく生徒全員が視界に建物が入らないよう努めた。置きっぱなしにされた荷物は明日考えるとして、とにかく恐怖から解放されたいという気持ちが強かった。

バスガイドの姿が見えない事も気になる。それを話すと大森が「ここが霊の出る『呪われた建物』だと知ってて逃げたんじゃないか？」と答える。

確かに思い返してみれば、この場所に近づくにつれてバスガイドの様子がおかしかったようにも思う。極端に口数が少なくなり、信号待ちなどで停車する度に運転手と何やら神妙な顔つきで話をしていた。今度会ったら、問い質してやるとしよう。

バスの中に電気は無く、皆手探りで席へと座る。点呼を取り、全員が揃っている事を担任へ報告すると「ではさっさと寝ろ」とだけ返された。簀巻きにして建物内へ放り込んでやりたい衝動を抑えつつ、僕も自分の席へと戻る。

しばらくすると、大きなイビキが聞こえてきた。騒音の元凶は担任だ。「ぶっ殺してぇ」「呪われやがれ」と言った囁きも、いつの間にか消えてしまった。色々ありながらも長旅で疲れていたのである。

僕もウトウトとまどろみながら、今日の出来事を振り返ってみた。うつ伏せになった男性とこちらを見る子供の霊。韓国にも心霊スポットがあるのか、そりゃあるよなと一人で自問自答していると——。

再び、身体を跳ねさせる程の激しい痺れが僕の背中を襲った。

何故だ。

建物の中にいる訳でもないのに、何故恐ろしい予感が走るのだ。膝の上に置いた拳に力が入り、汗を滲ませる。

このまま目を瞑り続けて朝が来るのを待つのが得策と分かりつつ、周りに大勢の同級生がいる事で少し気が大きくなったのかもしれない。故に止めればいいものを、僕はゆっくりと目を開けてしまった。

全ての席が埋まったバスの中。ポッカリと空いた通路に、男性のシルエットが見えた。向けた背中を上下させ、俯いた頭を掻き毟るような素振りを行う。右手に何か持っている気がして、僕は目を細めた。細長い、筒状のようなもの――。

拳銃だった。詳しくは無いが、あれは恐らくコルトガバメント……。

男は、激しく頭を上下に振り始める。常軌を逸した行動に恐怖し、僕はカチカチと震える歯を抑える事が出来ない。

これは悪夢だ、拳銃を持った男も実際にいる訳ではないと言い聞かせる。見ないように目を閉じようとするが、何故か身体が膠着して動かない。金縛りだ。

余計な事を色々と考えてしまう。そして一つの結論に至る。

大森は言っていた。そして僕も思っていた。ここは『呪われた建物』だと。

だが実際は違う。ここは、きっと――。

ぐるんと、男が振り返り僕を見る。銃口を僕に向け、引き金にかけた指を動かした瞬間

……何故か、商店のお婆さんが呟いた言葉が日本語になって脳内に響く。

あれは――『呪われた土地』だと。

「――おい。トシ、大丈夫か？」

身体を揺すられ、僕は飛び起きる。その反応を見て大森も「おわ!?　びっくりしたぁ！」と驚いて見せた。

周囲を見渡せば、窓の外は明るくなっていた。一部の生徒達はバスの外に出て身体を伸ばしたり談笑したりと好きな事をしている。

「夜中も、うなされてたぞ」と聞かされた。そのときに何で起こしてくれなかったんだと大森を責めたが、「夢の途中で起こすのは良くないと爺ちゃんが言ってた」との返答。では何故、今は起こしたのか。理由は教師から「三十分後にここを出発するから各自支度準備しろ」と言われて仕方なく、らしい。

寝汗でびっしょりとなった肌着が気持ち悪い。とはいえ着替えは建物の中なので取りに向かわなければなるまい。

流石に早朝から悪霊も出ないだろうと根拠の無い理由を盾に、生徒達は勇気を振り絞って建物の中へ入り自分の荷物を持って出る。僕もどうしようか悩んでいると、本田が僕と伸君のカバンを持って姿を現す。「ついでだったからな」と言う彼に男気を感じつつ、お礼を告げた。

バスは逃げるように建物から離れていく。学校側は急遽、新たな宿泊場を探さなければいけなくなり慌てふためいていた。結果、当初の観光予定は全て白紙に。夕方に集合するまで丸一日が自由時間となってしまう。

学生達は決まり切ったコースを巡るものだと思っていたので誰もガイドマップなど持ち合わせておらず、言葉も通じない異国の地に手探りで観光という罰ゲームにも似た仕打ちを受ける。

皆、好き勝手に班分けを行って歩き始めた。昨夜の延長で伸君達と五人グループを作った僕も、これから何をすべきか考えた結果「近くにデカいショッピングセンターがあるらしい」というので、そこへ向かう事になった。

迷う事なく目的地に着いた僕達はショッピングを満喫。韓国語なんて分からないけど大丈夫かという不安も、案外日本語で通用する事が分かり安堵する。店員が海外からやってくる客に慣れているのかもしれない。

面白さで『TAMAGOTTYO』という携帯ゲーム（どう育てても、へびっちにしかならない）や『NIKI』と書かれた運動靴（エアは入っていない）を購入。

その後は「韓国にもゲーセンはあるのか」という話題になり捜索。これまた意外と簡単に見つかり、我々は日本ゲーマー代表として韓国プレイヤーをボコボコにしてギャラリーを沸かした。

昼も過ぎ、そろそろ腹が減ってくる。格闘ゲームを通じて交流が深まった韓国人プレイヤーから話を聞き、安くて美味しい韓国料理を食べさせてくれるお店を紹介してもらう。

その店は小さいながら、知る人ぞ知る名店のようだった。平日昼過ぎだというのにそこそこ混んでいて、空席が無いか周囲を見渡す。そのとき、僕は見知った顔を見つける。

沈んだ顔で料理を口に運んでいる女性バスガイドだ。

真っ先に近寄り「相席していいですか？」と聞く。僕達の顔を見た瞬間、驚いた顔をするがすぐに「ド、ドウゾ」と片言の日本語で返してくれた。

他所から椅子を持ってきて、狭いテーブルに全員で座る。バスガイドさんの向かい席に座った僕はオススメの料理を聞き、それを注文。焼いた肉や千切りにした野菜をレタスのようなものに巻き食べる。甘辛タレが実に美味い。とりあえず昨日のクソ不味い弁当以外に、ちゃんとした韓国料理が食べられてホッとする。

ある程度食事が進んだ頃合いを見て、僕はいよいよバスガイドさんに切り出した。あの建物は何だったのか、と。貴女から聞いたとは口が裂けても言わない事を約束して、ようやく彼女は教えてくれた。


――十年近く前、あの建物は確かに旅館だったらしい。

近くで採れる山菜を使った料理が名物で、隠れ家的な趣きを売りにしていた様子。

そんな人目につかない点が狙われたのだろうか。旅館は売人の薬物取引場にも使われていたのだと言う。

経営難のせいか、店主も売人達を見過ごしていた。もしかすれば横流し等あったかもしれない。その日も普段通り、麻薬の取引が行われるはずだった。しかし――。

悲惨な事件が起こってしまう。

取引も終了に差し迫ったとき、取引相手である男性が拳銃を取り出し発砲。その場にいた売人を撃ち殺してしまう。

その後、銃声を聞きつけやってきた従業員も射殺。更には部屋で休んでいた宿泊客、店主など旅館にいる全ての者を殺した挙句、自身も駐車場で銃口を咥え、自害したと言う。

話を聞き、全て理解出来た。壁に開けられた穴と血痕、畳に這いつくばる男とバスの中で見た拳銃を持つ男……。

被害者の中に子供はいなかったのか訊ねてみる。そこまでは分かりませんと答えられたが僕には確信があった。いたはずだと。

「ですが」とバスガイドさんは更に付け加える。あの土地は昔から曰くのある事で有名だったらしい。噂では遥か昔に軍施設が置かれており、連日のように処刑が行われていたのだと言う。

もしかすれば、それらの悪しき風潮を払拭すべく、民衆に迎合した旅館を建てたのかもしれない。

「そんな呪われた土地の近くで商店をしてんだから、あの婆さんもいい根性してるよな」

大森がキムチを食べながら言う。「本当それな」と笑ってみせる僕達にバスガイドさんが「え？」と声をあげる。しまった、夜に黙って外へ出たのがバレてしまった。

「商店が存在していたノハ、事件が起こるより随分前の話デスヨ？　昔の事なので誰も真相は分かりマセンガ、一人で経営をしていたお婆さんが変死をしていたトカ。今は取り壊す手間も惜しいノカ、長年放置されてイマス」

……僕達は目を合わす。どういう事だ？

　商店は開いていたし、お婆さんの姿も見た。何より買い物だってしたのだ。僕は証拠をバスガイドさんへ見せる為、カバンの中に入れたままの飲み物を取り出す。その中の一つ、推水？

　雄水？

　なんとも読みにくい文字が書かれた缶をバスガイドさんは手にして少し驚いた表情をしてみせる。

「懐かシイ。小さカッタ頃、飲んだ事アリマス。ですがコレ、昔に販売中止サレていますヨ。飲まない方がいいデス」

　ここでようやく僕達は賞味期限が切れた飲み物や、埃のついたお菓子を見せた所で何の説得力も無い事に気付く。

　――その後は心霊体験など起こる事もなく、無事に日本の自宅へ帰ってくる事が出来た。

　精根尽きかけ、このまま玄関で寝てしまいそうな僕に向かって母親が話しかけてくる。

「どうだった？　初めての海外旅行、韓国は」

　何と話せばいいのか悩んだ末に、僕はこう答えた。「刺激的だったよ」


（終）

山の子供たち

三塚 章

第一章

うるさいほどのセミの声に、どこまでも続く深い緑。夏休みに行ったおばあちゃんの田舎は、去年とまったく変わらないように見えた。

僕は車から飛び降りると、おばあちゃんちの玄関に向かってダッシュした。

「おばあちゃん！」

僕が勢いよくドアを開けると、おばあちゃんはニコニコ出迎えてくれた。

外が明るくて暑かったから、かけこんだ家の中は暗くひんやりしていて気持ちいい。

「いらっしゃい！　もう健也《ケンヤ》君も来てるよ」

「ホント！」

ケンヤというのは、僕のイトコだ。遠い所に住んでいるので、夏休みくらいにしか会えないけれど、ラインやツイッターでちょくちょく連絡をするくらい仲がいい。

居間をのぞくと、そのケンヤが麦茶を飲んでいた。

「あ、ショウ！」

僕に気づいたケンヤが、僕の名前を呼んで立ち上がる。

「ケンヤ、ちょっと背伸びたんじゃねえか？　てか、日焼けすげえな！」

スマホでやり取りしていてお互い元気なのは知っているけれど、やっぱり実際に会うと嬉しい。


僕たちが再会をよろこんでいる間、大人達は仏様の部屋で線香をあげたり、あいさつをしている。お盆なので、集まれる親戚がみんなおばあちゃんの家に集まっているのだ。居間にいる僕たちのところまで『どうもお久しぶりで』とか『その後お体の調子は？』なんて聞こえてくる。

毎年毎年、大人は長々とどうでもいいあいさつをしないといけないから大変だなと思った。

でも僕らは子供なので、さっそく遊びに行っても誰も文句は言わない。

「なあ、ちゃんとあれ持ってきたか？」

「もちろん！」

ケンヤの言葉に、僕はずっと肩にかけていたプラスチックの水槽を掲げてみせた。これなら山でセミを捕って入れてもいいし、水をためて魚を入れてもいい。もちろん虫取り網も持ってきているけれど、それは大きいので玄関に立てかけてある。

僕のお母さんとケンヤのお母さんは、田舎にいる間、僕らがスマホとかでゲームをするのを嫌う。せっかくおばあちゃんちに来たのだから、外で遊んできなさいと言うのだ。

ホントを言うと、最初は不満だった。けど、おばあちゃんの家にいる二日間、昔の子みたいに走ったり泳いだりするのは意外とおもしろいのが分かった。今では毎年楽しみにしているくらいだ。

ここに来る前、ラインで話し合った結果、「最初はセミ採りして、次に魚を捕まえに川へ行こう」という計画になっていた。

「おお、健也君大きくなったなあ」

父さんがひょいっと戸口から入ってきた。

「お前たち、さっそく遊びに行くつもりか？　元気だなあ」

大人たちの長ったらしいあいさつは大体終わったみたいだった。みんな仏様の部屋から居間にぞろぞろやってくる。

「うん、山に行ってくる」

「気を付けるのよ」

と、お父さんのあとについてきたおばあさんが、心配そうに言ってきた。

「あまり山の奥には行ってはいけないよ。人ではないものがいるからね」

「人じゃないもの？　ヘビとかハチとか？」

ケンヤが言った。

僕も、人じゃなくて危ないものっていったら、そんなのしか思い浮かばない。

「ああ、もちろんそれも怖いけどね。私が言っているのはお化けみたいな物だよ。山には魑魅魍魎《ちみもうりょう》がいるからね」

「チミモウリョウ？」

それがどんな生き物かは分からなかったけれど、なんだかとっても怖い物に思えた。お化けみたいなものっていうから、カッパとかくねくねとかと同じようなものだろうか？　妖怪みたいな？

「ちょっとお義母《かあ》さん！　お化けだなんて子供が怖がるからやめてください」

お母さんが少し怒ったように言った。

「あら、ごめんなさい」

おばあちゃんは慌てて言った。

なんだか急に怖くなって、話を聞いたときの姿勢のまま僕は少し固まってしまっていた。

「なにビビッてんだよショウ！　大丈夫だよ！　早く行こうぜ！」

せっかちなケンヤが僕の腕をつかんでひっぱった。

「あ、う、うん」

僕はひっぱられるまま玄関に向かう。

「じゃあ、行ってくるね！」

ケンヤの嬉しそうな声を聞くと、怖い気持ちもなくなって、僕はなんだかだんだんワクワクしてきた。

僕たちは靴を履いて外へ飛び出した。

漂い始めた線香の匂いが、僕たちの後を追いかけるように流れて消えた。


網に捕まったセミは、大きな鳴き声をあげた。多分、人間だったら悲鳴をあげているのだろう。

虫カゴ代わりにしていた僕の水槽の中には、もう三匹のセミが捕まっている。

「そろそろ放してやろうか」

ケンヤが言った。

僕たちはセミが何匹か集まったら逃がすことにしていた。

なんでもセミは一週間しか生きられないとかで、持って帰ると僕の母さんもケンヤの母さんも「かわいそうだ」と怒るのだ。

僕はフタを開けて、水槽を叩いた。セミたちがパニックになりながらバラバラに飛んで逃げていく。

「あれ？」

捕まっている間に弱ってしまったのか、一匹が地面に落ちた。

そのセミは、羽に火でも付けられたように、地面の上をぐるぐる円を描いて回りだす。ジジジジ……と勢いよく動き回るセミは、なんだか今にも襲い掛かってきそうで、少し怖い。僕は思わず後ずさった。

そのとき、後ろに誰かがいるような気がして、振り返る。

いつの間にか、ランニングに半ズボン姿の男の子が立っていた。歳は僕と同じくらいだろうか。背は低くて、なんだかやせっぽちだ。

毎年来ているので、この辺りに住んでいる同い年くらいの子も何人か見たことはある。けれど、初めて見る子だった。

その子はしばらくこっちをじっと見ていた。

「何、どうしたの？」

男の子に気づいたケンヤが近づいてきた。

ジジジ……ジジ……

地面で暴れていたセミの元気がだんだんとなくなっていって、最後には静かになっていた。たぶん死んでしまったのだろう。頭のすみっこで、ちょっとかわいそうなことをしたと思う。

「あのお……」

恐る恐るという感じで、ようやく男の子が声をかけてきた。

「二人で何してるの？」

少しの間、僕たちは黙り込んだ。

大人たちはよく「知らない人に声をかけられても返事をしちゃいけません」なんて言う。でもそれは悪い大人に誘拐されたり殺されたりしないための物だ。じゃあ、知らない子供に話しかけられたときはどうなんだろう？

「僕はカズオっていうんだ。このすぐ上に住んでるの」

いきなり声をかけられて、僕たちがとまどっているのに気づいたのだろう。カズオ君というらしい男の子は、自己紹介をして自分は悪い人ではないと僕らに分かってもらおうとしているようだった。

僕はカズオ君がさしている指の方を見た。こんな山奥に家があるのかと思ったけれど、地元の子が言うならそうなのだろう。

そういえば、知らないうちにだいぶ山の奥まで入り込んでしまった。これは結構まずいんじゃないかな？

（山にはチミモウリョウが――）

「ねえ、二人で何をしていたの？」

思い出しかけたおばあちゃんの言葉は、カズオ君の言葉にかき消された。

「何って、セミ捕まえてたんだ」

ケンヤが手に持った網を少し男の子に近づけてみせた。

「セミ？　でも一匹もいないじゃないか」

男の子は僕たちが下げている水槽をちらりと見た。

なんだか少しバカにされた気がして、僕はちょっとむっとした。

「さっきまでたくさんいたんだよ。かわいそうだから逃がしてやったんだ」

(一匹は死んじゃったみたいだけど)と心の中でつけたす。乾いた地面の上で、死んだセミが転がっているのが見えた。

「へえ。そんなに捕まえたんならさ、もう虫捕りはやめて僕とかくれんぼしようぜ! そっちの方が絶対おもしろいって!」

とカズオ君は楽しそうに言った。

(どうしよう?)

僕たちは顔を見合わせて、目だけで話し合った。

でも確かに、そろそろセミ採りも飽きてきた所だ。

この子も悪い子には見えなかったし、きっと遊ぶ人数は多いほうが楽しい。

「うん、いいよ」

僕らの言葉に、カズオ君はにっこりと微笑んだ。

「それじゃまず鬼を決めないと!」

ケンヤが言う。

じゃんけんをした結果、カズオ君が負けて鬼になった。

「うわあ、負けたぁ」

カズオ君はちょっと残念そうに言った。

「それじゃあ行くよ。い〜ち、に〜い、さ〜ん……」

こっちに背を向け、幹に顔をくっつけるようにして、カズオ君はカウントダウンを始める。

早く逃げないと！

なんだかとってもドキドキしてきた。笑いたくなったけれど、声で鬼にどっちの方向へ逃げたか分かってしまうかもしれない。僕たちは口を押さえてにやにやしながら走り出した。


僕はがさがさと繁みを突っ切りながら隠れ場所を探していた。早くしないとカズオ君が数え終えてしまう！　街の中と違って、山の中は意外と隠れられそうな場所がなかった。壁もなければ、自販機もない。

ケンヤはどこに隠れたんだろう？　探してみると、すぐ近くの木の後ろに隠れていた。幹があんまり太くないので両方の肩が見えている。僕は思わず笑いそうになった。

でも、ケンヤのことを気にしている場合じゃない。僕も早く隠れないと！

僕は茂みの中にしゃがみこんだ。いきなりでかい奴が来て驚いたのか、羽虫がいっぱい顔に飛んで出て、僕は手の平で払いのけた。

「ろ～く、し～ち……」

枝と葉っぱがちくちくと体を突っつく。土の匂いがした。すぐ目の前を通ったクモがとても大きく見えた。

「もーいーかい」

「もーいいよ！」

カズオ君の言葉に応える、僕とケンヤの声が重なった。

太陽が雲に隠れ、ふいに周りが暗くなる。なんだか空気まで冷たくなった気がする。

僕は口を閉じてできるかぎり息をしないようにする。小鳥の鳴き声と、それより大きいセミの声。


雲が太陽から離れて、また明るくなる。

近くで草を踏む音がして、僕はびくりと体を硬くした。

もうカズオ君が傍に来たのかな？　もう数え終わったばっかりなのに。それともケンヤが隠れ場所を変えることにしたのかな？

音がした方に顔を向けた。葉っぱや枝の間から細い、というか痩せた足が見えた。

でも、それはカズオ君のものでもケンヤのものでもないようだ。女の子用の赤い靴をはいているから。

しゃがみこんだ姿勢のまま、女の子の顔を見ようと首をひねって見上げる。けれど下から伸びている草と、目の前にある茂みのせいで、靴と黄ばんだブラウスのお腹の横あたりしか見えない。

（うわあ、まずいなあ）

きっと、たまたま同じ山で遊んでいた子が近くに来てしまったのだろう。

もし見つかって、「何してるの？」なんて聞かれたら！

隠れ場所を変えた方がいいかな？　でもそろそろカズオ君もスタートの場所から動き始めているはずだ。へたに動いたら見つかってしまうかもしれない。

うん、やっぱりしばらくここでジッとしていた方がいい気がする。

僕はできる限り体を縮めて丸くなった。

カサ、カサ、と草を踏む音がする。僕はできる限り息を止めて、目をギュっと閉じた。

カサ、カサ、カサ。足音は少しずつ大きくなって、また少しずつ小さくなった。

ふう、と僕はため息をついた。どうやらあの子は通り過ぎて行ったようだった。

でも、僕はまたすぐに息を止めた。また、どこか近くで足音がしたんだ。

今度は、今いる茂みの左側に、草を踏むはだしが見える。

さっきの女の子の友達なんだろうか？　でも、なんではだしなんだろう？　確かにこの山には魚釣りや水遊びができる川があるけれど、ここからはかなり離れている。枝や小石が落ちているのに痛くないのかな？

たぶん、川に遊びに行った女の子たちグループが、お昼になって家に帰るところなのだろう。一人は遊んでいるうちに靴をなくしてしまったに違いない。僕はそう考えた。

毎年遊びに来ていると行っても、近所に住んでいる人ほど詳しくはない。このあたりは河に続く道の近くなのかもしれない。だとしたら、この女の子たちをやりすごしても、また他の人が通るかも……思い切ってここから離れた方がいい気がする。どこか、いい場所を見つけないと。

僕はそろそろと移動を始めた。できる限り頭を低くして、背中の曲がったお年寄りみたいな恰好で。できる限り足音をさせないように、つま先立ちで早歩きする。それでもどうしても草を踏む音や枝をよける音がした。そのたびに見つかるんじゃないかとドキドキする。

僕は山を少しずつ下りていった。木の隙間を通って、草の間をくぐって行く。

そのうち僕は地面にくぼみを見つけた。昔、大雨か何かで土が崩れたのかもしれない。一瞬熊が冬眠しているのかと思ったけれど、今は夏だから大丈夫なはずだ。この中に入れば、上から見られても下から見られてもすぐには分からないだろう。

僕はそこに入り込んだ。体育座りの感じになって、ちょっと狭かったけれどしょうがない。ここまでなんとか女の子たちには気づかれずにすんだようでほっとする。

「もーいいかい」

そんな声が聞こえてきた。「鬼」が人を探す声。

でもそれは、どう聞いてもカズオ君の声ではなかった。

僕は驚いて思わず「ええ？」と大声を上げそうになった。カズオ君の他にも「鬼」がいる？

きっと、カズオ君は友達を呼んだんだ。僕たちを早く捕まえるために。勝手に鬼を増やすなんてずるい！

僕は、思わず隠れ場所から出ていこうとした。カズオ君に文句を言うつもりだった。もし見つかっても、ズルをしたのはカズオ君なんだから、僕が鬼になる必要はないはずだ。もう一度カズオ君に鬼をやってもらえばいい。いや、もう鬼ごっこはやめ！　カズオ君と遊ぶのはやめよう！

けれど、上の方からがさがさと音がして、僕はつい体をすくめて穴の中に引っ込んでしまう。

よく考えたら、今すぐに文句を言うより、一度にたくさんの鬼から逃げ切った方がかっこいい。そして逃げきったあとでハッキリ文句を言ってやるのだ。

「もーいいかい」

上からそんな女の子の声が聞こえてきた。

たぶんさっき見た赤い靴を履いた女の子だろう。行ったと思ったのに、戻ってきたんだ。

まさかあの子たちもカズオ君の友達で、鬼だったなんて！

「もーいいかい」

穴からそっと顔を出してみると、女の子が木の間をゆっくりと歩いているのが見える。

黄ばんだブラウスを着ている。

（あれ、なんだろう）

前の隠れ場所では見えなかった、女の人の足が見える。

その人は、ブラウスの下に変わったズボンを着ていた。腰がだぼっとしているわりに裾が細い、厚い布でできている。

そう、確か社会の教科書の写真で見たことがある。戦争中、女の人が着ていたものだ。

たしかモンぺっていう……

今時なんでそんな服を着ている人がいるんだろう？　ドラマか何かの撮影？　でも、カメラやマイクを持った人は見なかった。

よく顔を見ようとして、僕は息を呑んだ。何か病気にかかっているのか、彼女の顔は半分だけ茶色に染まっていた。

（あれはシミ？　それとも血？）

なんだかとても痛そうで、僕は思わず顔をしかめた。

「もーいいかい」

モンペの女の子とは違う声がした。

ゾンビのようにふらふらと、僕より小さい女の子が歩いている。はだしのその子は、ちぎれた服を着ていた。その服は、茶色に染まっている。

古い血は、漫画のように真っ赤じゃなくてこんな色になる。前に指をカッターナイフでちょっと切ったとき、血をシャツにつけてしまったことがあるから、僕はそれを知っていた。

ようやくそこで僕は、おかしいことに気がついた。

この子たちは、今生きてる人じゃない！　もう死んでいる人だ！

『あまり山の奥には行ってはいけないよ。人ではないものがいるからね』

お婆ちゃんの言葉を思い出した。

これがおばあちゃんの言っていたチミモウリョウという物だろうか？

合わせた膝ががくがくと震えた。息も鬼たちに聞こえてしまいそうで、口を押さえる。指の間から、自分の吐く息がなんども抜けていく。

「もーいいかい」

また、新しい声がした。

ざわざわと、草をかき分ける音がいくつも聞こえた。あちこちに人が立っている。並んだ木の幹や、伸びた草、ちらちらする木漏れ日なんかにジャマされて、はっきりとは見えなかったけれど、間違いない。

囲まれている！　どうしよう、どうしよう！

くぼみの中が、急に暗くなった。日差しを遮るようにして、小さい影が僕の方をのぞきこんでいる。

(見つかった！)

そう思うけれど、「みーつけた」は聞こえてこない。

僕は手の平で影を作り、目を細めて前に立っている人を見た。僕よりも背の高い、やせ細った男の子。

その子は目隠ししているように、黄色い膿《うみ》と、血に汚れた包帯をしている。まるで平泳ぎでもしているように、手で前を探りながら近づいてくる。きっと、目が見えないのだろう。だから僕はまだ見つかっていないのだ。

ぼろぼろの唇が開いた。

「もーいいかい」

酷いカゼを引いているように、ががらの声だった。

（ひ……っ）

慌てて穴から出ようとして、僕は外にいる女の子の事を思い出した。もしここで飛び出したら間違いなく見つかってしまう！

それに、急に立ち上がってあの男の子に触ってしまったら、見つかってしまう。

（落ち着け、落ち着け）

僕はそう自分に言い聞かせた。

できる限り音をさせないようにしながら、穴の壁に貼り付く。土で汚れた細い指が、今にも僕の鼻を、頬をかすめようとする。爪と指の間に挟まった土まで見えるくらいだ。

座ったまま、地面についたお尻をするようにして、僕は男の子の正面から体を横にずらした。やせこけた男の子の手は、頭の真横の空間をふらふらしている。

そのまま僕はその穴から這い出した。足ががくがくして立ち上がれなかった。顔のすぐそばにある草がイヤな臭いをたてる。

ハイハイのままで前に進む。周りには、まだ「鬼」がいるのが分かった。

だめだ、もうつかまっちゃうんだ。

ぼろぼろと涙が流れだした。しゃっくりが出てきて止まらない。

目の前に、モンペの女の子の後ろ姿が見えた。ラッキーなことに、まだ僕には気づいていない。このままそっと逃げてしまえば……

目隠しの男の子が穴から出てきたのだろう。後でばさばさと草がひっかき回される音がする。

その音に前に立っているモンペの女の子が、こっちを振り向きかける。しゃがんだ格好にはなっているけれど、完全に草に隠れられるほど僕の体は小さくない。こっちを見られたら、絶対に見つかってしまう！

一つにまとめた髪から女の子の耳が見え、頬の膨らみが見え……。

「うわあああ！」

ケンヤの悲鳴がした。

山の上から、涙でべちゃべちゃになったケンヤがかけおりてくる。

こっちを振り返ろうとしていたお姉さんは、僕ではなくケンヤの方を向いた。

「ショウ！　なんだよこいつら！　なんか変な奴らがいっぱいいるよ！」

僕の姿を見つけたケンヤが叫んでくる。

そこで初めてケンヤは自分の目の前に立つ女の子に気がついたらしい。急にノドから「ヒッ」と変な音を出して立ち止まった。

後ろから、女の子がゆっくりと右腕を持ち上げるのが見えた。そしてケンヤを指さす。

こっちから顔は見えないが、たぶん、その子は笑っているのだと思った。

「みぃつけた」

はだしの子が、目隠しの子が、それからカズオ君が、こっちに近づいてくる。

「うわあああ！」

僕は叫び声をあげて、ケンヤに背を向けて走りだした。もう「隠れなきゃ」とか「鬼に見つかるかも」とか考えられなかった。

走って走って、転んだのでまた起き上がって走って、僕は山のふもとの方へ向かっていった。

どれくらい走ったんだろう。息のしすぎで胸が痛い。なんども転んだので、膝の擦り傷から血がにじんでいる。苦しくて、どんどんと走るスピードは落ちていった。

ほとんど歩いているようになったころ、僕は目の前に釣り竿を持った男の人を見つけた。とっさに反対側に逃げようとする。「鬼」の一人だと思ったのだ。

けれどその人はクーラーボックスを肩からかけ、スマホで誰かと話している。お化けがスマートフォンを使うとは思えない。きっと川に釣りに来た人だ。

僕はふらふらとその人に近づいていった。

「あ、あの、あ」

ケンヤを助けてもらわないと。今頃になってケンヤを置いて逃げてきてしまったのに気づいて、僕はギリギリと胸を締め付けられているような感じがした。

でも焦れば焦るほど、舌が布きれになったようにちゃんとした言葉を話すことができない。「かくれんぼしていたらお化けに囲まれた。ケンヤが見つかってしまったから、助けてほしい」。そう言いたいけれど言葉が出てこない。代わりのように涙がぽろぽろとこぼれ落ちる。

そんな僕の様子を見て、何か変だと思ったのだろう、おじさんは「ちょっとごめん」とスマホで話すのをやめた。腰をかがめて、僕の顔をのぞきこむ。

「君、どうかしたの？」

「あの、僕、あっちでケンヤと、いとこと遊んでたら、そしたら、そしたら……」

今来た方向を僕は必死で指さした。

とりあえず非常事態が起こったことは分かってもらえたらしい。

「いとこ？　誰かケガでもしたのか？　あっちだな」

おじさんの言葉に、僕は必死でうなずいた。

大きな背中を見ながら、僕もついて行った方がいいと思った。ケンヤのいる場所まで案内できる人がいた方がいいと思ったからだ。けれど、あの「鬼」たちのことを思い出すと、どうしても体が動かなかった。

ケンヤは山の中で倒れていたという。おじさんはケンヤを背負って山をおり、車でおばあちゃんの家まで送ってくれた。

ケンヤはひどい熱を出していて、ずっと眠っていた。僕が呼び掛けても、ケンヤのお母さんやお父さんが呼び掛けても、何も応えてくれない。頭を冷やしても、薬を飲ませても、ずっと熱は下がらなかった。

お医者さんが来てくれたが、原因は分からず、様子を見るしかないという。ケンヤのお母さんはずっと泣き続けていた。

こんな風では自分の家に帰ることはできず、ケンヤはしばらくおばあちゃんの家に泊まることになった。

大人たちは、僕に何があったのか訊いてきた。でも、落ち着いたら落ち着いたで、僕は山であったことを言うことはできなかった。本当のことを言ったって、信じてもらえないと思ったからだ。

結局大人たちの中では、僕たちが山で遊んでいるうちにケンヤの具合が急に悪くなって倒れ、それに気付いた僕が人を呼んできた、ということになったようだ。

本当はケンヤを置いて一人で逃げ出しただけなのに、ケンヤのお母さんから「大人を呼んできてくれてありがとう」とお礼を言われ、僕はちょっとだけ死にたくなった。

明日僕が自分の家に帰るという夜、僕はケンヤに会わせてもらった。

布団に横たわったケンヤは、夏だというのに鼻先まで毛布をかけていて、なんだか大きな荷物のようだった。毛布からのぞく目はぎゅっと苦しそうに閉じられている。

いつもよく笑って、よくしゃべっていたケンヤしか見たことのない僕には、ケンヤが知らない人になってしまったように思えた。

「ケンヤ、ごめんね……」

僕は謝ったけれど、ケンヤは眠ったままだった。

このまま、ケンヤが死んでしまったら僕のせいだ。出てきた涙を、手の甲でぬぐう。

「早く、元気になってね」

「……う……」

毛布からケンヤの声が聞こえた気がして、僕はうつむいていた顔をあげた。

ひょっとしたら、やっと目を覚ますのかもしれない！

「何？　何か言った？」

僕はケンヤの頭の傍に耳を近付けた。

「よし……ぞ…　か……ずえ……」

「ヨシゾウ？　カズエ？　誰？」

それは人の名前に聞こえたけれど、そんな名前の人は親戚にはいないし、ケンヤが教えてくれた友達の話にも出てこなかった。

ケンヤは僕の質問に答えてくれなかった。それからも、何か名前を呟いているようだった。

「ショウ、あんまりケンヤ君を疲れさせちゃいけないわ」

お母さんが呼びに来た。

「うん」

寝ているのにケンヤが疲れるはずはないだろうと思うけれど、僕はおとなしくうなずいて、また手の甲で涙をぬぐった。

たぶん、母さんは僕にケンヤと一緒の部屋にいてほしくないのだろう。ケンヤがどうしてこうなったのかはお医者さんも分からなかった。もしもケンヤの病気が僕に移ったら嫌だとお母さんは思っているのだ。

本当は、もっとケンヤのそばにいたかったけれど、もう一度母さんに「ほら!」と言われて、僕は部屋を出ていった。

「ショウちゃん、ちょっと」

振り返ると、おばあちゃんが部屋の入り口で手招きをしていた。

「ちょっと、おばあちゃんのお部屋までおいで」

言われるまま、お母さんと別れて僕はおばあちゃんについていった。


おばあちゃんの部屋は壁にそってガラスケースに入った人形や、置物なんかが飾ってある。上の方には何枚か賞状が並べてあった。

そのせいでなんだかごちゃごちゃした感じがするけれど、部屋の真ん中にある低いテーブルの周りはキチンとしている。僕はそこに置かれた座布団の上に座った。

おばあちゃんが向かいに座ったとき、実は僕はとっても怯えていた。

おばあちゃんとの約束を破って山の奥まで行ったことを怒られると思ったからだ。きっとケンヤを置いて逃げてしまったことも、どういうわけかバレていて、それも怒られるのだろう。

「ショウちゃん、ケンヤ君と一緒に山の奥まで行ったんだね」

おばあちゃんの言葉に、怒っているような感じはなく、僕は少しほっとした。

ほっとしたら、また涙が出てきた。

おばあちゃんは、何も言わずしばらく僕の頭をなでてくれた。

「あのね……あのね……」

そこで僕はようやくあったことを言うことができた。

カズオ君にかくれんぼに誘われたこと。そして怖い「鬼」が出てきたこと。ケンヤを置いて逃げてしまったこと……

なんだか、おばあちゃんに秘密を言ったことで、苦しかった気持ちが少し楽になった気がした。

おばあちゃんは涙を流しながら「大変だったね」と言ってくれた。

「健也君のことはかわいそうだったけど、仕方がないよ。ショウちゃんのせいじゃないからね」

そして、「それを誰にも言っちゃいけないよ」とも言ってくれた。僕は何度もうなずいた。

おばあちゃんの言うことを破って山の奥に行ってこんなことが起きたんだから、今度こそぜったいに言いつけを守ろうと思った。

「これをごらん」

そういっておばあちゃんは本棚から薄い本を出してきた。

それはこの辺りの歴史が書いてある本で、出版社が書いてある場所には、「〇〇市」とあった。

「ショウちゃんたちが怖がるといけないから、はっきりとは言わなかったんだけどね……」

おばあちゃんはあるページを開いてみせた。

そこには古い建物の写真が載っていた。

『〇〇病院』と細長い看板のかかった木製の建物。その前には何人かのお医者さんと看護婦さんが並んで写っている。白黒なのと、古い看護婦さんの制服からかなり昔に撮られたんだと分かった。なんだか、不気味だった。

「いいかい、あのね……」

おばあちゃんはその本に書かれた内容を、時々文字を指しながら教えてくれた。中には、本に書かれていないことも。

あの山の奥には戦争中、小さな病院があったらしい。ちょうど、僕たちと出会ったとき、カズオ君が指をさした辺りだ。

このあたりはそのときから建物が多くなく、敵が爆弾を落としていくこともあまりなかったらしい。だから、戦争で出た死者も怪我人も、そんなに多くなかったそうだ。

じゃあなんでそんな所にこんな立派な病院ができたのかというと、他の場所でケガをしたり、病気になった患者たちを安全な場所で治すためだったらしい。そして両親を亡くした子供たちの世話をする、孤児院のようなこともやっていたそうだ。

だから、この辺りの子供だけではなく、色々なところから子供たちがその病院に連れて来られたという。もちろん、動けるくらいの病気や、ケガをした子、孤児たちだけだけれど。

「都会の病院はいっぱいでね。少しでも患者を他の場所に移動させたかったんだろうね」

おばあちゃんが言った。

いくら元気になるためだとはいえ、一人で知らない場所に入院するのは寂しいだろうし、お父さんやお母さんが亡くなった子たちはどんなに悲しかっただろう。そう考えると、僕までなんだか悲しくなってきた。

僕は、その本のページを少しめくってみた。文章はむずかしい漢字が多くて、あまりよく分からない。

読める漢字が多いページを見つけ、僕は手を止めた。そこには『記録にある患者の名前』として二十人くらいの名前が載っていた。

「ヨシオ？　カズエ？」

その中に、聞き覚えのある名前を見つけて僕はびっくりした。

ケンヤがぶつぶつ言っていた名前だ。

この本に載っている名前はフルネームだけれど、ケンヤが呟いていたのは下の名前だけだ。だから正確にはこの名簿に載っているものと同じ人なのか分からない。

だけど、僕は間違いないと思った。あの山で僕たちを探していたのは、昔その病院に入院していた子供たちなんだ。

もう調べることはできないだろうけれど、あの赤い靴の子も、はだしの子も、目隠しの子も、ぜったいここに名前が載っているはずだ。

「だからね、わたしはショウちゃんたちに行って欲しくなかったんだよ。あまりいい場所じゃないからね」

そう言って、おばあちゃんは大きく溜息をついた。

「あの……ここに名前が載ってる子たちってどうなったの？」

聞かなくても分かったのに、僕はなんでか聞かないではいられなかった。

「ほとんどが亡くなってしまったようだよ。ほかの場所からここに来られるほど元気だったはずなのにね」

おばあちゃんの答えは、僕が思った通りだった。

僕は黙って唇を噛みしめた。あの「鬼」は大嫌いだ。ケンヤをひどい目に遭わせたのだから。だけど、僕はなんだかかわいそうだとも思ってしまうんだ。

「患者を安全な場所で治療する……もっとも、それは建前だったみたいだけどね」

独り言のようにおばあちゃんは呟いた。

タテマエ、という言葉を僕はちゃんと知っていた。たしか、本当の事を隠して嘘をそれっぽく言うことのはずだ。

「じゃあ、ホントは何をしていたの？」

そう聞くと、なぜかおばあちゃんは一瞬ぎょっとしたようだった。まさか、僕がそんな事を聞き返すなんて思ってもみなかったというように。

「さあ、なんなんだか」

おばあちゃんはその後ごにょごにょと何か言ったけれど、僕には聞き取れなかった。

ふすまが開く音に、おばあちゃんとの話に夢中になっていた僕はびっくりした。

おじいちゃんが部屋に入ってきたのだ。

おじいちゃんは僕が開いている本に気付くと、おばあちゃんの方を見て眉をしかめた。

「おい、またお前はケンヤが亡霊に連れてかれたとバカな事を言っているのか！」

おじいちゃんの怒った声に、おばあちゃんはびくっと体をすくませた。

「分かりましたよ。まったく、どなることないじゃないですか」

不満そうなおばあちゃんの言葉に一つ鼻を鳴らすと、おじいさんは僕がちゃぶ台に広げていた本を取り上げる。

「まったく。ばからしい。あれはただの病院だよ。集められた子供たちが人体実験に使われてたなんてただの噂だ」

ジンタイジッケン、がどういうものか僕は知っている。むりやりに薬を飲ませたり、体を切ったりすることだ。たぶん、おばあちゃんがさっきごにょごにょ言っていたのは、そんな残酷なことを僕に聞かせたくなかったからだろう。

おじいちゃんは本を僕の手の届かない、本棚の高い所にしまいこんだ。

「昔はロクな食べ物も薬もなかったんだ。ちょっとケガや病気をしても、すぐに悪くなっちまったんだよ」

おばあちゃんのジンタイジッケンの噂が本当なのか、おじいちゃんの言うことが本当なのか、僕には分からなかったし、これからも分からないだろう。でも、それはどうでもいいことなのかもしれない。

ボロボロの、血の付いた服に、傷だらけの、やせた体。どっちにしても、あの「鬼」たちは幸せじゃなかっただろうから。

たぶん、あの患者さんたちが生きていた時代は、ネトゲもなくて、かくれんぼぐらいしか遊びがなかったのだろう。だから今もそうやって遊んでいるんだ。

でなければ、生きている間は具合が悪くて動けなかったから、元気になってみんなと遊びたいという願いを死んだあとに叶えているのかもしれない。

それから数日して、ケンヤは死んでしまった。

家に帰って何日もしないのに、僕はまたおばあちゃんの家に行くことになった。

まだ秋にはなっていなくて、相変わらずセミは鳴いているし、緑はきれいだったけれど、少しもワクワクしなかった。

家に集まってきた大人たちは、みんな黒い服を着て、暗い顔をしていた。

「かわいそうねえ……」

「まだ若いのに……」

なんていう話があちこちから聞こえてくる。

「ショウちゃん、よく来たね」

迎えてくれたおばあちゃんは、少し涙ぐんでいた。

「健也君も待ってるよ」

「……うん」

本当にケンヤは僕のことを待っているだろうか？　僕はケンヤのことを見捨てて逃げたのに。

僕はだらだらと靴を脱いで、家に上がった。

仏様の部屋に置かれたケンヤの棺は、なんだかとても小さく見えた。その周りはたくさんの白っぽい花が飾られてすごい匂いがした。線香の匂いと混じっているからかもしれない。部屋を黒と白の布がぐるりと囲んでいる。なんだか知らない家に来たみたいだった。

「でも、本当に眠っているような顔で……」

棺の小さな窓を開けて、大人の一人が言った。

「ええ、本当にそれだけがなぐさめで……」

もうケンヤが寝込んでいるときに涙を流し切ってしまったのか、ケンヤのお母さんはもう泣いてはいなかった。お父さんは、正座したままうつむいて動かない。

「うわごとでお友達の名前を呼んでてね」

その話を聞いていた僕は、胸を刺されたように痛んだ。

それはたぶんケンヤの友達の名前じゃない。「鬼」の名前だ。

「かくれんぼをしている夢を見ていたんでしょうね。最期は『もーいいかい』って……」

その話を聞いて、僕はとうとう泣き出してしまった。

まだ、ケンヤはあの「鬼」たちと鬼ごっこをしているのだ。

なんで僕だけが助かったのかも分かった。

あのとき、僕より先にケンヤが見つかって、彼が「鬼」になったから。だって、「鬼」に捕まったら、こんどは自分が「鬼」になってほかの人を探さないといけないから。

もし僕が先に捕まっていたら、きっと僕がケンヤのようになっていただろう。

普通の遊びだったら、「鬼」は他の人を捕まえたらそこで「鬼」をやめることができる。けれど、死んだ人は生き返らない。

一度「鬼」にされて向こうの人になってしまったら、もう帰ってくることはできないんだ。

ケンヤは今どんな気持ちでいるのだろう？　楽しいのだろうか、それとも怖いのに無理やり「鬼」をやらされているのだろうか。せめて楽しんでいてくれればいいと思う。

そして僕はこうも思う。もしかしたら、これからもまた山の中に人が入り込んで、カズオ君が遊びに誘うかもしれない。そうしてケンヤのようになって、どんどんと「鬼」が増えていくかもしれない、と。


（終）

野晒し村

湧田束

私は今、薄暗い部屋でこの手記を書いている。

影に潜んだ「彼女」の視線をずっと感じながら。


今もこの国には、地図にない場所、名前のない土地が確かに存在する。

それにはきっと意味がある。造るのに価値があるのと同じくらい、失われるのを必要とした理由がある。

そう、私がこの手記を伝えることにも。


この古びた万年筆で書いた手記をあなたが目にしたのなら、一度、地図を広げてみてほしい。

その名前のない場所に住む彼らはひっそりと息を潜め、そして間違いなく、あなたを待っているのだから。

＊

信越地方の山間にある『野指村《のざしむら》』が、今回の取材地だった。

僅か人口数百人の辺境。『咒隠し《のろいかく》』などという禍々しい噂を耳にすることが無ければ、一生訪れる機会などなかっただろう。

車一台通るのがやっとの山道で何度もハンドルを切り返す私を見て、助手席の坂居《さかい》が言う。

「運転、代わりましょうか」

「気にするな」

ギアを切り替えようとした瞬間、突然真っ黒い鳥が目の前を横切る。思わず踏み込んだブレーキに大きく車体が揺れ、坂居が慌てて車内のグリップに掴まる。

「まあ、ゆっくり行きましょう。あそこに退避帯があるから、一度休憩しませんか」

「……ああ」

道を覆う枯葉をタイヤで踏み鳴らしながら、車を停める。

助手席から出た坂居は、茶褐色に色づいた山並みに向けて早速一眼レフカメラを構え始める。

「こいつは、中々だ」

車から降りてみると、崖側は見下ろすほどの急斜面になっていて、雑木林が鬱蒼と生い茂っていた。ガードレールもない山道をよくここまで無事にやって来られたものだと思う。

「なあに、そうそう落っこちるもんでもありませんて」

坂居は気軽に言うと、軽快な足取りで山を登り始める。

「おい、あまり時間がないぞ」

「分かってますって。もう少し上がれば、良いアングルで一帯が見渡せそうなんで」

斜面に膝をついた坂居が、カメラのファインダーを覗き込みながら答える。

「吸い終わるまでに戻ってこいよ」

私は近くの倒木に腰を下ろし、煙草に火をつける。煙をひとつ吐き出した後、足元に落ちていた団栗《どんぐり》を拾い上げて指先で転がしてみる。


「乾《いぬい》のことには、あまり拘《こだわ》らん方が良い」

会議室で私にそう告げたのは、編集長の国代《くにしろ》だった。

「どうしてです。乾はうちの仕事を請け負ってたんですよ」

「お前だって分かってるだろ、楠木《くすのき》。あいつはフリーだ。取材して記事を書き、それをうちに持ち込むのが仕事だ。仮にその途中で何かあったとしても、責任は自分で負う。それは乾自身も承知のことだ」

「だからって何もせずに放っておけってのは。乾は今も行方不明なんですよ」

詰め寄る私に、編集長は机の上に両手を組んで言う。

「乾の親族からも捜索願いが出されてるんだ。これ以上、俺らにはどうすることも出来ん」

「しかし……」

「そもそも近くの山で奴の車が見つかっただけで、乾がどこへ取材に行ったのかも分からん。お前が気負うのも分からなくはないが、今回の取材と乾の失踪は別の話だ。それだけは肝に命じておけ」

「……」

机の上の企画書を乱雑に握り締め、私は席を立った。

編集長の言うことも分かっていた。私の苛立ちが、失踪した乾に対して何も出来ない自分の無力さに対してのものだということも。

「……ふう」

重い溜息をついた後、団栗を崖の向こうへと投げ捨てる。

団栗は雑木林の中へと音もなく消えていく。人だって同じだ。いつどこで道を見失うかなんて、誰にも分からない。

そんなことを考えながら山の端を眺めていると、突然背後から声を掛けられる。

「どこに、行くの」

驚いて振り返ると、そこには赤い着物を着た一人の少女が立っていた。歳は十二、三歳くらいだろうか。こんな山奥で古めかしい着物姿の娘と出くわすなど予想もしていなかった私は、思わず口籠ってしまう。

「あ、ああ……。この辺の子かい?」

急いで煙草を携帯灰皿で揉み消して腰を上げる私を見て、少女は静かに答える。

「野晒し村」

「野晒し……野指村のこと?」

訊ねると、少女は表情を変えずに山の向こう側に視線を移す。人形のように無機質なその瞳にどこか不気味さを感じながらも、私は怪しまれないように笑顔を作る。

「僕たちは雑誌を作っててね。その本に載せる話を、村の人たちに聞きに行くつもりなんだ」

だが冷ややかな視線を向けた少女は、やけに大人びた口調で告げる。

「やめておいた方が良い。もし千咒峡《せんじゅきょう》に足を踏み入れたら、きっと戻れなくなる」

「千咒……峡？」

聞いたことのない地名だった。周辺の地図にも載っていなかったはずだ。この地方特有の呼び方だろうか。

「その千咒峡って……どこにあるんだい。野指村の近く？」

だが娘は私の質問には答えず、木下駄で地面をならしながら木の枝に掴まって斜面に身を乗り出す。

「あ、危ないよ」

慌てて駆け寄ろうとしたとき、山から下りてきた坂居が声を掛けてくる。

「どうしたんですか、楠木さん」

「坂居、女の子が……」

だが再び振り返ったときには、少女の姿は無かった。

急いで辺りを探してみるが、まるで神隠しにでもあったかのように娘の姿はどこにも見当たらなかった。

「お前、見なかったか。このくらいの身長で、赤い着物の」

「いやあ、上からも時々カメラで覗いてましたけど、見えませんでしたよ。もしかすると車の陰になってたのかも」

「……」

まさかこの急な斜面を駆け下りたとでもいうのだろうか。鬱蒼とした崖下を覗き込む私に、坂居がカメラを構えながら言う。

「惜しかったですね。写真に撮れてれば、いわくつきの村の近くに現れた謎めいた娘、なんて見出しが付けられたかも」

「あまりセンスのあるタイトルじゃないな」

「良いんですよ、俺は写真を取るのが仕事なんですから。記事は楠木さんに任せますって」

ボサついた髪を掻く坂居に、私は苦笑い混じりに返す。

「残念ながら、俺も実際には妖怪どころか超常現象のひとつも見たことが無いけどな」

「それは楠木さんが現実主義者《リアリスト》だからでしょう？　オカルト雑誌の記者の割に」

「実際、現実の方が堪らんことが多いのさ」

自嘲気味に言うと、私は再び車へと向かった。

＊

野指村は山間の寂れた農村だった。

過疎化がかなり進んでいるらしく、古民家が数軒ある以外に目新しい建物は見当たらなかった。

「ちょっと村の外観、撮っときますね」

雑草が生い茂る畦道《あぜみち》に車を停めると、車を降りた坂居がカメラを構え始める。

ボンネットの上に村の地図を広げて見渡してみるが、枯れ木が点在する風景ははるか昔から時間が止まっているかのようだった。

「楠木さん……あれ、何ですかね」

ファインダーから顔を上げた坂居が、山際の少し高台になった場所を指差す。そこには古びた社殿と朱色の鳥居が見えた。

「神社だろ。田舎にはどこだってある」

「いや、その向こう側。高い櫓《やぐら》みたいなのが立ってる所……」

カメラの望遠レンズをズームした坂居が、思わず手を止める。

「な、何だよ……あれ」

「ちょっと見せてみろ」

坂居からカメラを取り上げ、ピントリングを合わせる。

ぼやけた視界から次第に焦点の合ったファインダーに見えてきたのは、神社の前に木材で組まれた櫓と、その天板から首を吊るされた……人間の姿だった。

「な……」

だらりとぶら下がったその体が、風に揺れてこちらの方に顔を向ける。カメラ越しにその死体と目が合った気がして、思わずカメラを持つ手の力が抜ける。

「ちょ、ちょっと楠木さん」

落としかけたカメラを、坂居が慌てて受け留める。

「死体……首吊りの」

ふらふらと車に寄り掛かる。ボンネットの上の地図が、山から吹き下ろす風に飛ばされたのにも気付かなかった。

再びファインダーを覗き込んで確認した坂居が、茫然とする私に言う。

「行ってみましょう。ここに居ても仕方ない」

「……あ、ああ」

促されるままに車に乗り込み、エンジンを掛ける。

激しく打ち鳴らす鼓動を抑えながらアクセルを踏み込んだ時、さっき村の近くで出会った少女の告げた「野晒し村」という言葉が、頭の片隅を過ぎった。

神社のある高台の麓《ふもと》に車を停め、私たちは急いで石段を駆け上がる。

「あんなの、首吊りっていうより……」

息を切らせた坂居が呟く。何を言いたいのかは分かった。わざわざ櫓の上から首を吊って自殺する人間などそうそう居ない。

だとすればあれは……殺人。しかもかなり強い憎悪か、若《も》しくは見せしめだ。


頭上から鬱蒼と木立が覆う石段の先に、朱色の鳥居が見えてくる。

石段を上りきった所に鳥居と神社があり、参道を挟んだやや開けた広場のような平地に、木組みの櫓が建ててあった。

ひと気もなく静まり返った周囲を見渡しながら、私と坂居は恐る恐る櫓の方へと近付いていく。

「やっぱり……」

青褪めた表情で、坂居が櫓を見上げる。

火の見櫓くらいの高さだろうか。天板の台から一本の縄が吊るされ、そこに……首をくくられた白い着物の人間がぶら下がっていた。

「う……」

思わず口を押さえる。縊死した死体を見るのは初めてだった。

愕然とする私を余所《よそ》に、坂居が撮影バッグの中から携帯電話を取り出す。

「警察に通報します。殺人かもしれない。こんなの……」

だが坂居が電話を掛けようとしたとき、神社の陰から一人の初老の男が姿を現す。

「どうなさいました?」

小太りで物腰の柔らかそうな男を見て、坂居は手にした携帯電話で櫓の上を指差す。

「いや、どうって……。あそこに人が」

「ああ、あれは人形ですよ。案山子《かかし》みたいなもんです」

「人形?」

目を凝らして再び櫓を見上げる坂居に、男は苦笑いしながら頭を掻く。

「ええ、村の人間は知ってるんですがね。余所から来た人は、時々見間違える人が居るみたいで」

「案山子って、あんな……」

気味の悪い、と言いたかったのだろう。だが村の風習に干渉するのが憚《はば》られたのか、坂居は口を噤《つぐ》む。

訝《いぶか》しげな私たちの様子に、土台の柱に手をついた男が人懐っこそうな笑顔で告げる。

「登って確かめてみますか？　作り物だとすぐ分かりますよ」

「……」

私と顔を見合わせた後、坂居が小さく頷く。


櫓に備え付けられた十メートルほどの木の梯子を、坂居が一段ずつゆっくりと上がっていく。

「気をつけて下さいね。落ちないように」

男がどこか暢気な口調で言う。

人形に手の届く距離まで梯子を上がると、坂居は少し躊躇しながらもその着物に手を掛ける。

「……」

強張った表情で見つめる私を見下ろし、坂居が大声で叫ぶ。

「人形です、楠木さん。良く出来てるけど」

「……そう、か」

安堵の息を吐いた後、私は男に話し掛ける。

「それにしても、驚きました。どうしてあんなことを？」

「ああ、これは魔除けみたいなものなんですよ。呪詛祓いの一種だと思って頂ければ」

「……『咒隠《のろいかく》し』、というやつですか？」

そう告げた私を見て、男は意外そうな顔をする。

「ほう、よくご存知で。確かにこれは『咒隠し』から身を守るための祭祀です。失礼ですが、あなたがたはどういった……？」

雑誌の記者だと告げて名刺を渡すと、男は納得したように何度も頷きながら目を細める。

「それでは、せっかくなら私の家で少し話しませんか？　この神社の奥が社務所を兼ねて、私の住居になっているんですが」


私たちは男に案内されて、神社の奥にある家屋へと向かった。

通された和室の客間で、辰岡《たつおか》と名乗る男は湯飲みを机の上に置きながら言う。

「自治会長なんて言っても要は雑用でして。野指神社の神主だからと、村のことを色々と押し付けられているようなもんです」

「でも自治会長ってことは、随分と顔役なんじゃゃ」

ポートレイト用にカメラを構えた坂居が言うと、辰岡は照れたように首を横に振る。

「いやあ、長老たちからすればまだまだ若造扱いで」

雪見障子の向こうに一望できる村の景色に、私は視線を移す。

「やはりここも、随分と過疎化が進んでいるようですが……」

「元々何もない山間です。土地も貧弱で、冬場は雪も深い。だから出稼ぎに行ってる若いモンも、なかなか戻ってきたがらないんですよ」

「そう……ですか」

「でも年寄りたちは、むしろ余所から人が入ってこない方が安心できる、なんて言いますがね」

苦笑混じりに、辰岡はお茶の入った湯飲みに口をつける。

「あの櫓に吊られた人形には、どんな意味が？」

坂居がややぶしつけに質問するが、辰岡は愛想良く返す。

「この村は昔から土着信仰の強い土地でしてね。村に起きる厄災を『咒《のろ》い』と言って怖《おそ》れたんです。咒いを受けた人間は、行方不明になるという言い伝えもあるくらいで」

「だから……『咒隠し』」

「ええ。要は『神隠し』の祟り版みたいなものです。あの人形は、村人が咒隠しに遭わないようにと作られた身代わりなんです」

腰を上げて雪見障子を開けながら、辰岡は言う。

「といっても、今では儀式的なものですよ。祭りの夜に人形に火をつけて、村に災いが降りかからないようにするんです」

「火を……」

随分と禍々しい風習だと思った。辰岡は柔らかい言葉を使っているが、要するに首をくって生贄に見立てた人形に火をつけるというのだ。それに先程から辰岡の言う『咒い』には、主語がなかった。『誰が咒いを掛けるのか』という話題を、辰岡があえて避けているような気がした。


「じゃあ祭りのときには、さぞかし迫力のある写真が撮れそうだ」

縁側に立って櫓の方へとカメラを向ける坂居に、急須で湯のみにお茶を注ぎ足していた辰岡が告げる。

「祭りは……そうですね。ええ、今夜行われます。あなたがたもご覧になりますか？」

やや言い淀んだ口調が気になったが、坂居は嬉々とした表情で振り返る。

「お、ちょうど良かった。楠木さん、是非取材させてもらいましょうよ」

「そう……だな」

伺うように視線を送ると、辰岡は少し考え込む素振りをする。

「本来ならば祭りのときには、外の人間は村に入れないのが決まりごとになってるんですが……。しかしここまで来られたのを無碍に追い返すのも気が引けますし、あまり派手になさらないのであれば」

「もちろん大丈夫ですよ、ね、楠木さん」

カメラを擦りながら、坂居が同意を求めてくる。もし取材を断られたとしても、坂居の気質ならば村に忍び込んででも撮影するつもりだろう。

私は辰岡に礼を言う。

「神事だということは分かっていますし、皆さんのお邪魔はしません。撮影も許可を頂ける範囲で行いますので」

「ええ。それならば私の方から、長老たちには言っておきますので」

柔らかい笑みを浮かべて、辰岡が答える。

私はそれまで気になっていたことを、この機会に訊ねてみることにした。

「そういえば辰岡さん、この辺りに赤い着物を着た子供の居るご家庭はありますか？
十二、三歳くらいの、髪の長い女の子の」
「ああ、それはおそらく紅緒《べにお》ですね」

「紅緒？」

「ええ、苗字は仁和《にわ》と言って、村の外れに住んでいます。少しばかり変わった娘ですが、
この村ではまあ……大切に扱われています」

どこか含みのある言い方で、辰岡は答える。

「ああ、じゃあさっき楠木さんが見たってのは、妖怪の類じゃなかったんですね。座敷童
子とか」

横から口を挟んだ坂居が村に来る途中の話を聞かせると、辰岡は可笑《おか》しそうに笑う。

場が和んだ頃合いを見計らって、私は上着のポケットから一枚の写真を取り出す。

「では、この男に見覚えはありませんか？」

「く、楠木さん。それ……」

慌てる坂居を目で制して、私は続ける。

「名前は乾康人《いぬいやすと》。私の同僚なのですが、半年ほど前にこの近くで行方不明になっているんです」

「乾さん……ですか？」

辰岡は手にした写真をしばらく眺めていたが、首を横に振る。

「いえ、この方は見た覚えはありませんね。野指村に外から来る人は滅多にいませんから、もし訪ねられていたら覚えているはずですが」

丁寧な物言いだったが、一瞬だけその表情が曇ったような気がした。

「すみません、唐突に」

写真を受け取って謝る私に、辰岡は元の穏やかな顔つきに戻って返す。

「この辺りは標高の高い山は少ないんですが、幾重にも尾根が連なっていて切り立った崖も多い。霧の深い日などは、地元の人間でも道に迷うくらいですから」

「じゃあ……遭難も」

「しょっちゅうですね。あまりニュースにはなりませんが、山の深い場所に迷い込んでしまうと、結局見つからないことの方が多い」

「そう……ですか」

山の稜線に目をやり、辰岡はぽつりと呟く。

「あまり雲の流れが良くないですね。明日あたりは霧が深くなりそうだ」

同じように外に視線を移すと、空は重苦しい鉛色の雲に覆われ始めていた。
＊

宵闇が覆う中、広場の中央の櫓を取り囲むように、かがり火が焚かれる。

櫓に吊るされた人形の姿が浮かび上がると、それに合わせたように拍子木《ひょうしぎ》と摺《す》り鉦《がね》の音が鳴り始める。

私は集まった村人たちから少し離れた神社の手洗い場で、様子を窺っていた。祭りは確かに厳《おごそ》かなものだったが、しかし同時にどこか重苦しい緊張感を含んでいた。

撮影ポイントを探していた坂居が戻ってきて、小声で告げる。

「できるだけ神社や鳥居が背景に入るように、撮っときますね」

「フラッシュは焚くなよ。感度上げてシャッターはスロー気味で」

「誰に言ってんですか」

口の端を上げると、坂居はカメラを掲げて人混みに紛れていく。

鐘の音が鳴り響く中、人柱に見立てた人形を村人たちが静かに見守る。その中には、赤い着物を着た紅緒という少女の姿もあった。


舞い上がる火の粉を背景に、櫓の台の上に松明《たいまつ》を持った一人の男が立つ。

「祭りの総代です。若衆といっても、もう五十代ですが」

背後から話し掛けてきたのは、辰岡だった。

「本当は神主の私がやらなければならない演舞なんですが、あいにく腰を悪くしていまして」

「……そう、ですか」

私は辰岡と並んで、櫓を見上げる。首をくくられた人形がぶら下がる光景は、何度見てもあまり良い心地はしなかった。

総代の男は御神酒《おみき》と榊《さかき》を捧げると、手にした松明に火をつける。

「危険じゃないんですか？　木製の櫓の上で。もし燃え移ったら……」

「もちろん。でも本来、神事とは命を掛けるものなんです。あの男は村人のために、災いを払おうとしてくれているんです」

「咒……隠し」

櫓の上で松明を掲げる男を、村人たちは黙って見つめていた。

男は吊るされていた人形をいったん引き上げてその体に塩と御神酒を振りかけた後、白装束の着物に松明で火をつける。

全身が業火に包まれた人形を、男は高々と掲げる。

それはまるで……見せしめのための生贄のようだった。


男が手を離すと、人形は再びがくん、と首を吊ったように垂れ下がる。

「う……」

あまりの凄惨な光景に、思わず声が出る。

人形から赤く立ち上る火焔が、真っ暗な空を煌々と照らしていた。


そのとき、櫓の周囲を取り囲んでいた村人たちが、次々と手にしていた黒い布を頭からかぶって身を屈めていく。

「これは……」

「呪いから身を隠しているんですよ。黒い布は闇に紛れることを意味しています。皆は燃え尽きた人柱が櫓から落ちるまで、ああやって呪いから身を守っているんです」

村人たちが全て地面に膝をついて頭から黒い布をかぶっている光景は、異様なものだった。この場に居る人間でそれをやっていないのは、私と辰岡、そして櫓の傍で撮影している坂居だけだった。

坂居が戸惑ったようにこちらを向くが、私が頷くと再びカメラを構えて火のついた人形を撮影し始める。

「辰岡さん、あなたは？」

「私は……いいんです」

辰岡は短くそう告げる。それがどういう意味なのか、私には分からなかった。村の顔役だから呪いが降り掛からないのか、若しくは……呪われることも厭わないとでもいうのだろうか。

その間にも、真っ赤な火焔は人形の全身を焼いていた。火柱を上げて燃え盛る炎が、まるで生贄を導くかのように漆黒の空へと立ち上っていく。

火の弾ける音だけが辺りに響く中、背後から突然声を掛けられる。

「呪いに遭うんを怖れんのは、余所者ぐらいか」

振り返ると、そこに立っていたのは三十代くらいだろうか、無精髭を生やした若い男だった。

「寛司《かんじ》……お前も隠れ。まだ間に合う。服でも何でもええから頭からかぶれ」

辰岡が慌てて言うが、寛司と呼ばれた男は卑屈な笑みを口元に浮かべる。

「ええんで、俺あ。ええ歳して祟りなんぞ怖がるかいな」

「こん罰当たりが」

方言混じりに言うと、辰岡は男を睨みつける。私たちの会話は周りの村人たちにも聞こえているはずだったが、誰もが黒い布をかぶったまま顔を上げようとする者は居なかった。

男は挑発的な目つきで私に顔を近付けてくる。酒の臭いがした。

「聞いたえ。あんたら何とかいう雑誌の記者やろ。興味本位でオカルト扱っとる、しょうもない雑誌の」

「これも仕事でね。神事の邪魔をするつもりはなかったんだが、気に触ったのなら申し訳ない」

詫びる私を見て、男はく、く、と篭った声を上げて笑う。

「は、やっぱり都会もんは人のいなし方も心得とるな。この辺のぼんくらどもとは違うか。でもな、あんまり透かしたようなこと言うとると、野晒しにされんで」

「野晒し……？」

そのとき、辰岡が私と男の間に割って入る。

「ええかげんにせい、寛司。今日は騒ぎ起こすな。言いたいことがあるんなら、ワシが話を聞く」

それまで柔和だった辰岡が、頭ひとつほども身長の違う男に全く物怖じもせずに厳しい口調で言う。

男は私と辰岡を交互に見比べた後、小さく肩を竦める。

「ええよ。こんな辛気臭い所、出ていったるよ。虫酸《むしず》が走るでな」

そのとき、吊り下げられていた人形の綱が切れ、地面に叩きつけられる。

粉々になって燃える人形から、赤い火の粉が舞い上がっていく。残り火を燻《くすぶ》らせながら黒く焼け焦げた人形は、本当の焼死体のように見えた。

それを合図に、再び擂り鉦の音が鳴り始める。

地面に伏せていた村人たちが次第に身を起こす中、振り返ると、寛司という男の姿はもう無かった。

渋い顔をした辰岡が、申し訳なさそうに言う。

「すまなかった、楠木さん。あいつは村でも厄介者で、しょっちゅう揉め事を起こしてるもので」

「いえ……」

絡まれたことよりも、男の残した『野晒し』という言葉が気になった。確かその言葉は……あの少女が私に告げたものだ。

ふと視線を感じて振り向くと、赤い着物の少女は黒い布をベールのように纏ったまま、口元に僅かに笑みを浮かべてこちらを見ていた。

「……」

そう。あのとき彼女は『野指村』ではなく、はっきりと『野晒し村』と告げた。

あれは……、この凄惨な儀式のことを指していたのだろうか。

かがり火の灯りが、私を見据える少女の瞳を赤く照らしていく。

立ち上る白い煙の中、焼け焦げた臭いだけが辺りには漂い続けていた。

＊

その日は野指村の近くにある林の中に車を停め、夜を過ごした。

うっすらと白み始めた外の明かりに目覚めると、辺りには朝霧が立ち込めていた。

運転席のリクライニングシートを起こして、霜で曇ったウィンドウガラスを手で拭う。

真っ白な霧に包まれて静まり返った光景は、現実とは思えないほど幻想的なものだった。


エアコンの除湿スイッチを入れていると、後ろの座席で上着にくるまって寝ていた坂居がもぞもぞと起き出す。

「朝はけっこう冷え込みますね。コーヒー、飲みますか？」

「ああ、もらおうか」

ボトルに入ったコーヒーをカップに注ぎながら、坂居が言う。

「でも辰岡さんの家に泊めてもらえば、こんな狭苦しい車の中で夜を明かすことも無かったのに。せっかく申し出てくれたんですし」

「俺たちは余所者だからな。線引きはしておいた方が良い。それに……」

「気味が悪かったんでしょ」

バックミラー越しに口の端を上げた坂居を見て、私は苦笑いでコーヒーに口を付ける。

「その通りだ。どうもこの村は得体が知れん」

「まあ、それには賛成ですね。昨日の祭りだって、ありゃどう見ても生贄の儀式だ。こう言っちゃ悪いが、神事にしては悪趣味過ぎますね」

袋を開けたパンを齧りながら、坂居が助手席のヘッドレストを抱えて身を乗り出してくる。

「土着信仰とか地付き文化とか、そういう類を超えてる気がしますね。確かに魔除け的な行事はどこにでもありますけど、それはあくまでも形式的なもんだ。生贄を首縊りにして火をつけるなんて野蛮なこと、しませんよ」

「そのくらい、ここの村人たちは咒いにあうのを怖れてるってことだろうな」

「それが『咒隠し』の真相ですか。誰の咒いかも分からないのに」

やはり坂居も気付いていたのだろう。黙って煙草に火をつける私を見て、坂居はコーヒーでパンを流し込みつつ言う。

「ま、この村のいかにも閉鎖的な様子を見れば、楠木さんが入れ込む気持ちも分からなくはないですけどね」

「何のことだ？」

「乾さんのことですよ。楠木さん、乾さんが行方不明になる前、この村に来たって考えてるんでしょう？」

「……」

窓を開けて煙を吐き出していると、坂居は助手席に掛けていた私の上着のポケットから乾の写真を取り出す。

「でなきゃ聞き込みなんてしませんて。探偵じゃあるまいし」

「公私混同だって言いたいのか？」

「いえ、俺だって乾さんのことは心配してますから、編集長には言いませんよ。確か楠木さんと乾さんって、同期だったんですよね」

私は灰皿で煙草を叩きながら頷く。

「ああ、大学も一緒でな。昔から何をやらせてもあいつの方が上だった。成績だって仕事だって、軽口の叩き方までな。だからあいつがフリーになったときも、正直先を越されたと思ったよ」

「へえ、意外ですね」

「世辞はいいよ。自分の器くらいは分かってるつもりだ。……でも俺はひとつだけ、あいつに貸しがあるからな」

「貸し？」

「ああ。最後の取材に行く前、あいつは俺の大事にしてた万年筆を持っていきやがった。それを取り返さなきゃな」

「確かに……そりゃ貸しだ」

ひとしきり笑った後、坂居は機材のバッグからカメラを取り出す。

「じゃあ、村の周りを一回りしてきます。あまり日中にうろついて、また昨日みたいに酔っぱらいに難癖つけられても堪りませんしね」

「足元に気を付けろよ、靄がひどいから」

「了解です」

車から降りた坂居は、陽気に手を上げて応える。数メートル進んだその姿がすぐに見えなくなるほど、深い霧が周囲を覆っていた。


車を降りると、辺りは静寂に包まれていた。

真っ白な靄が広がる中を手探りで歩いていくと、近くに水辺があるのだろうか、水の流れる音が聞こえてくる。

「……沢、か？」

近くの枝に掴まって注意深く下を覗き込んでみると、白んだ景色の向こうに渓流らしき岩場が見えた。

地図には載っていない場所だった。興味を惹かれた私は、朝露で濡れた蔓に掴まって斜面を下りていく。苔むした岩場を乗り越えると、霧に霞む淡い色合いの景色の中にひときわ目立つ赤い色の着物が見えた。

「あれは……」

沢のほとりに座っていたのは……あの紅緒という少女だった。


少女は澄んだ水の渓流に手を浸して、水面を見つめていた。

昨夜のかがり火に照らされた表情を思い出して一瞬躊躇したものの、私はゆっくりと彼女の方へと近付いていく。

だが声を掛ける前に、少女は私が来るのを初めから分かっていたかのように後ろを向いたまま呟く。

「この沢には、昔から流れてきているの」

「……流れて？」

「そう。川上で死んだ人の血肉が」

穏やかな口調でそう告げると、少女は静かに対岸の方を指差す。

そこには、朝霧の中をぽつりぽつりと水の中から浮かび上がるように灯る青白い光が見えた。

「あれ……は？」

「鬼火。人柱の魂が残した灯火」

「……鬼、火？」

炎が水面に揺らぐ度に、青い光が仄かに周囲を照らしていく。少女はその光景を見つめながら、着物の裾を直して立ち上がる。

「ここは生贄の首をくくり、野晒しにするための場所」

「野、晒し……」

「あなたにも分かる。ここから先に行けば」

振り返った少女が、華奢な白い手を差し出してくる。吸い込まれるような、しかしどこか無機質で色のない瞳だった。

誘《いざな》われるようにその手に掴まる私に、少女は僅かに口元に笑みを浮かべる。

朝靄の中、静かに水の流れる音だけが沢に響く。

少女の後に続き上流に向かっていくにつれ、ゴツゴツとした大きな岩が多くなり足場も険しくなっていく。

手を掛けて岩場を乗り越えながら、私は訊ねる。

「君は、確か紅緒さんといったね。昨日の祭りのときにも居た」

「……」

だが彼女は横目で私を一瞥するだけで、何も答えようとはしなかった。

そうしてしばらく岩場を進んだ後、彼女はぽつりと口を開く。

「それは、ずっと、ずっと昔のこと……」

その長い髪が、音もなく風に靡《なび》く。どこか懐かしむように遠くを見つめたまま、彼女は話し続ける。

「ある夏、この地方は干ばつに襲われた。数か月間も雨が降らず、沢が干上がって岩が剥き出しになるほどの」

「ここが？」

少女は小さく頷くと、髪を耳に掛ける。

「飢餓に陥った村人たちは、一人の村娘を雨乞いのために人柱にすることを決めた。彼らは縛った娘を滝の上から吊るし、その命が尽きるまで晒し続けた」

水面に浮かぶ青白い鬼火の波紋が、同心円状に広がっていく。その鬼火の数は、明らかにさっきよりも増えていた。

少女は鬼火を見つめたまま、囁くように告げる。

「吊るされて身動きできない娘の体を、カラスや鷲が食い千切っていった。目玉や舌、内蔵を引きずりだして」

「そんな……こと」

「そう。娘は生きたまま喰われた。その血や肉塊で、滝壺を真っ赤に染めて。彼女の悲痛な絶叫は、村にまで聞こえたと言われている」

「……」

鳥葬というのは聞いたことがあるが、生きたまま身を引き千切られて喰われるなど……考えたくもなかった。

霧の中に細かな水の飛沫が混じり始める中、少女は顔を上げる。

「結果的に村には雨が降り、村人たちは助かった。けれどそれ以来、娘の血肉が流れたこの沢には青白い鬼火が灯るようになった。村の人々は娘の咒いを怖れ、神社や祠を建てて彼女の魂を崇《あが》めた」

「それが……あの咒隠しの儀式」

茫然とする私に、少女は冷ややかな眼差しを向ける。

「生贄になった娘は、そのとき十八歳だったと言われている。名前は……紅緋《べにひ》」

「紅緋……。じゃあ君の名前の……」

訊ねようとしたとき、立ち止まった少女が渓流の先を指差す。


その先にあったのは、濛々と水しぶきを上げる滝の姿だった。

数十メートルはあるだろうか。両端が切り立った崖の中央から、沢の源流がとめどなく流れ続けていた。

霧状になった水の飛沫《ひまつ》が風に舞う中、岩場に立った少女が言う。

「ここが、紅緋が吊るされた場所」

朝霧が晴れて滝全体の姿が少しずつ見えてくるにつれ、私はその異様な光景に息を飲む。

「あ……れは」

滝の上にある岩に結わえられた縄から、何体もの人の形をしたものが吊り下げられていた。滝に近付く私の背後から、少女が抑揚のない声で言う。

「村人は自分たちが咒いから逃れるために、生贄を差し出している。……今も、なお」

「ま、さか……」

靴が濡れるのも構わずに、私は滝壺の中に足を踏み出す。滝の横に首をくくられたものは、祭りの人形のように白装束ではなく洋服らしきものを身に付けていた。

私は膝まで浸かった水を掻き分け、滝へと近寄っていく。

「嘘……だ」

「村人たちはこの土地を訪れた人を捕らえ、両手を縛り、そして生きたまま……滝の上から首吊りにした」

「や……めろ」

飛沫を浴びながら滝の岩壁へと近付いたとき、水の匂いとは別の、腐ったような嫌な臭いが鼻をつく。

壁面に身を寄せて見上げると、そこに吊られていたのは……間違いなく人間だった。

「う……」

喉の奥から込み上げてくるものに、思わず口を押さえる。

一番手前に見えた死体は半ば白骨化していて、腐り落ちた体の下半分は無くなっていた。その奥の死体はぼろぼろになった衣服こそ身に着けていたが、皮膚は溶け落ちていて、剥き出しになった赤黒い肉が僅かに骨に引っ掛かっている状態だった。

岩の縁に立つ少女の声が、背後から聞こえてくる。

「新しい生贄を見つければ、儀式は行われる。誰であろうと構わない。生贄を野晒しにして紅緋に捧げ続ける……それが、咒隠しの真実」

「……」

少女が言うように、死体は後ろ手に縛られていた。

奥にある一番真新しい死体は、パーカーを身に着けていて、吊られてからまだあまり日が経っていないようだった。鬱血した肌は赤黒く変色し、がくりと垂れ下がった頭から眼球が溶け出して落ち窪んでいた。

それが乾かどうかは分からなかった。どちらにしてもこの腐乱しかけた状態では、性別を判断することすら難しいだろう。

「なんて……ことを」

力なく岩肌にもたれ掛かる私を見下ろし、少女は言う。

「だから村の者は、この滝や沢には近付かない。吊るされた生贄たちの朽ち果てた血肉が流れていく、忌まわしき場所だから」

「……ふざけるな。いったい何人、これまで殺してきたんだ」

私の問いかけに、少女は感情を失った人形のように答える。

「数えきれないほど」

「く……そっ！」

拳で岩を叩きつけ、ずぶ濡れのまま岩場へと上がる。

「警察に通報する。何が呪隠しだ。これだけ人を殺しておいて、自分たちだけ助かろうなんて」

傍らを通り過ぎて車へと戻ろうとする私に、少女は静かに告げる。

「そう。彼らはすでに自分たちが呪われていることに……気付いていない」

私は振り返り、滝を見つめ続ける少女に訊ねる。

「君は……いったい？」

「……」

少女は何も答えなかった。

水のさざめく音だけが響く中、彼女はただその長い髪を靡かせ、霧状になった水の粒子の中を佇んでいるだけだった。

木立を掻き分けて林に戻る頃には、朝靄はすでに晴れていた。停めていた車へと足早に向かう。坂居はまだ戻っていないようだったが、今はとにかく鞄に入れてある携帯電話で警察に連絡するのが先だった。

だがそのとき、見覚えのある物が車の傍に落ちていることに気付く。

「……」

身を屈めて調べてみると、それは坂居が使っていたカメラだった。しかもそのカメラは、叩きつけられたように粉々に壊されていた。

「坂居……」

見渡してみるが、辺りに人の気配は無かった。

樹林の合間から吹く風が枝葉を揺らす中、ゆっくりと車へ近付いていく。後部座席のドアが開けられたままになっていた。

用心深く中を覗き込んだ瞬間、思わず後ずさる。

後部座席や窓にまで、真っ赤な血が飛び散っていた。

「う……」

立ち込める血の臭いに、声を上げる。

おそらく坂居は、車に戻ったところを襲われたに違いない。もう一度辺りを見渡して人影が無いのを確認した後、助手席のドアを開けて急いで自分の鞄を探る。

だが、そこに入れていたはずの携帯電話は無かった。

血塗れの坂居のカメラバッグや荷物を探ってみるが、やはり坂居の携帯電話も見当たらなかった。そのときになって初めて、挿しっぱなしにしていた車のキーが無くなっているのに気付く。

「く……そ」

握り締めた手で車のボンネットを叩く。これは明らかに村の誰かがやったことだ。これだけの出血痕がある以上、脅しや悪戯だとは到底思えなかった。

「坂居……」

さっき少女の言った、『新しい生贄』という言葉が頭の隅をよぎる。

真っ赤な血に染まった座席を見つめた後、私はダッシュボードの収納ボックスの奥に隠していたものを取り出す。

……それは、小型の折り畳みナイフだった。

取材中に万が一遭難した場合にと非常用に用意していたものだが、これまで一度も使ったことはなかった。だがさっきの滝で何人もの死体を見つけ、坂居の行方も分からなくなってしまった以上、やむを得ない。

ナイフを開いてジョイントを確認した後、再び柄に戻す。

「そう簡単に……生贄にされてたまるか」

上着のポケットにナイフを入れると、私は再び村へ向かう道を歩き始めた。

＊

木枯らしの吹く野指村に人影はなく、ひっそりと静まり返っていた。

辺りを警戒しながら、私は野指神社へと向かう。行き来する人こそ居ないものの、確かにどこからか視線を感じた。息を潜めた村人たちが家の中から私を見張っている、そんな気がした。

野指神社へと続く石段を上がっていくと、辰岡が私を待ち受けるかのように立っていた。辰岡は昨日と同じように穏やかな口調で話し掛けてくる。

「どうかなさったんですか？　顔色が悪いようですが」

「……カメラマンの坂居が、居なくなったんです」

ポケットに入れたナイフを握り締めたまま、私は注意深く様子を窺う。だが辰岡は相変わらず柔らかい物腰で返す。

「それは困りましたね。山の散策に行って迷われたのかも」

「いいえ、車の中が酷く荒らされてまして」

「ほう」

と、どこか芝居じみた素振りで仰々しく驚くと、辰岡は頭を掻く。

「それはきっと寛司の仕業かもしれませんね。あいつも今朝から姿が見えませんから」

「……」

違う、と私は確信する。滝に吊るされた死体のことを、おそらく村人全員が知っている。そうでなければ、あの紅緒という少女が言ったように呪いから逃れることは出来ないはずだ。

ならば村のことを探っている私たちの動向を、彼らはずっと監視していたに違いない。

坂居が朝に写真を撮りに出たことも、私が沢に下りたことも、彼らはすでに知っている。

だが辰岡は腕組みしたまま、飄々と口を開く。

「もし咒隠しにあったりしたら大変だ。村の者を駆り出して周囲を探させましょう」

「いえ、その必要はありません。坂居はきっと……この村の中に居る」

「何故そう思うんです？」

どこか冷ややかな表情で首を傾げる辰岡に、私は厳しい視線を向ける。

「もう茶番はやめましょう、辰岡さん。そこをどいてもらえますか？」

「ええ、それは構いませんが。……後悔なさると思いますがね」

「……」

私は慎重に歩を進めると、辰岡の傍らを通り過ぎて朱色の鳥居をくぐる。

神社の敷地に踏み込んだ私の視界に入ってきたのは……、
広場に広がる、大量の血溜まりだった。
「う……」

櫓を見上げ、思わず呻く。

昨日の人形と同じように、縄で首をくくられた人柱が櫓から吊り下げられていた。だがそれは人形ではなく……坂居だった。

「坂……居」

首吊りにされた坂居を見て、私は立ち竦む。


しかも坂居は後ろ手に縛られた状態で、腹を横に裂かれていた。腹から飛び出した内臓が長くぶら下がり、そこから滴る血が今も地面に血痕を広げ続けていた。

「なんて……ことを」

一縷の望みを失って青褪める私に、辰岡が背後から声を掛けてくる。

「さっきまで生きてたんですがね。さすがにもう死んでますね」

「お前……」

「いやあ、けっこう難儀なんですよ。暴れる男を櫓の上まで連れて上がって、鎌で腹を割《さ》いた後に首に縄を掛けて突き落とすってのは」

「ふざ……けるな」

睨みつける私に、辰岡はおもむろに手で顎を撫でながら言う。

「ここまで戻ってきたということは、あなたも村のしきたりが分かっておられるのでしょう？　どちらにしても、生贄は多いにこしたことはない」

「滝に死体を吊るしたのも……お前らか」

ほう、と言って辰岡は眉を上げる。

「あれを見つけたんですか、さすが記者さんだ。いや、褒めてるんですよ。なかなかの行動力だ」

「この……人殺しが」

「なあに、そう悲観したものでもありませんよ。咒隠しにあった人間は、紅緋の従者になると言われています。要は神様の使いみたいなものです。素晴らしいとは思いませんか？」

そう告げた辰岡が目配せすると、神社の奥に潜んでいたらしき十数人の村人たちが姿を現す。その手には鎌や鉈が握られていて、中には猟銃を手にした者も居た。

「昨日の祭りも、別に日にちが決まっていた訳じゃない。是非あなたたちにあの儀式を見てもらいたかったので、急遽用意しただけです」

「俺たち生贄に……前もって見せつけるためにか」

辰岡はさも可笑しそうに頷きながら、目を細める。

「あなたもここに来たときから、感じているのではありませんか？　誰かが陰からひっそりと窺っているような、視線を」

「何を……言っている」

その間にも、村人たちは私を取り囲むようにじりじりと距離を縮めてくる。その目の奥にあるのは、妄信的な狂気だけだった。

辰岡は櫓の下に広がる坂居の赤い血痕を見つめたまま、乾いた笑みを浮かべる。

「この村に居る者は皆、常に感じているんですよ。じっとりと凍てつくような紅緋の視線を。血を欲した彼女は……今も私たちを見張っているんです」

「ふざけるなっ！」

私は辰岡の背後に回り込むと、取り出したナイフをその首すじに押し付ける。

「動くなっ！　脅しじゃないぞ！」

大声を上げて威嚇するが、村人たちは動じることもなく手にした武器を握り締めて更に近付いてくる。

当てたナイフの刃から血が滲んでいるにも関わらず、辰岡は平然と言う。

「無駄ですよ。昨日の祭りのとき、私が布をかぶらなかったのをあなたも見ていたでしょう？　私はとっくに呪われた身。命など惜しくはないんですよ」

「貴様……」

「紅緋を生贄にした村の神主は、その後どうなったと思いますか？　家族全員の首を鉈で刎ねた後、自らも沢で腹を裂いて息絶えたのです。そう、あなたの訪れたあの渓流です。そのときも、沢の水が神主の臓物と血肉で真っ赤に染まったと言われています」

「……」

「あなたには分からないでしょうね。この村は誰も逃れることの出来ない、忌まわしき土地なんですよ」

「く……そっ！」

私は後ろから辰岡を突き飛ばし、ナイフを振り回して村人の間を突っ切る。

神社の横を抜け、その奥の林へと飛び込む。村の中に留まれば、すぐに袋の鼠になるのは明らかだった。

背後から村人たちの怒声が聞こえてくる。

鬱蒼と生い茂る雑木林に足を取られながらも、手当たり次第に目の前の木立を掻き分けて斜面を駆け上がる。

樹海の景色が瞬間的に視界を過ぎ、鼓動が全身を激しく打ち鳴らしていく。

それでも私は走り続けた。

この呪われた村から、少しでも離れるために。


どれほどの時間、山の中を駆け続けたのかも分からなかった。

折れた枝の切っ先が腕に刺さり、破れた服に血が滲む。

「く……」

腕を押さえた私は、ようやく足を止める。

息を切らせながら藪の陰に身を潜めると、昼間でも薄暗いほど密集した枝葉が頭上を覆っていた。ほとんど人の立ち入った形跡がない所を見ると、かなり山の奥深くまで来てしまったのかもしれない。

そのとき、遠くから呼び掛けあう男たちの声が聞こえてくる。私を追ってきた村人に違いなかった。

男たちの声が遠ざかったのを見計らって、息を殺しながら這うように高台へと向かう。

藪の合間から覗き込むと、麓からこちらに列を成して向かってくる松明の灯りが見えた。

「山、狩り……」

次第に現実味を帯びた恐怖心が頭をもたげてくる。ひとつ息を飲んだ後、私は身を屈めて男たちの声のする方向とは逆へと向かった。

しばらくすると、窪んだ斜面に岩が重なった場所があるのを見つける。注意しながら岩場を降りてみると、その奥には二メートルほどの入口の横穴があった。

「鍾乳洞……か？」

覗き込んでみると、人ひとりは充分に歩けるくらいの横穴になっていた。中は薄暗かったが、所々岩の隙間から外界の明かりも射し込んでいるようだった。

「……」

考え込んでいる暇は無かった。このまま山の中を彷徨《さまよ》っていても、地形を熟知している村の連中から逃げ切るのは難しいだろう。

一度振り返って周囲にひと気が無いのを確認した後、私は足場を確認して洞窟へと入る。

洞の中は、ひんやりとした空気が立ち込めていた。火を点けたジッポのライターで辺りを照らしながら少しずつ先に進んでみると、思った以上に内部は広い構造になっているようだった。

頭上の岩から滴る雫の音だけが、洞窟の中に響いていく。

ひたすら続く漆黒の閉塞感に息苦しさを感じ、シャツの一番上のボタンを外して襟首を開ける。

「何が……咒いだ。人殺しどもが」

櫓から吊るされた坂居の姿を思い出し、唇を噛んで歩を進めていく。


蟻の巣状に入り組んだ洞の中を、出来るだけ通りやすそうな道を選んで先に進む。

だがいくら歩いても、迷宮のように枝分かれした洞窟はどこまでも奥に続いていた。果てしない漆黒の世界をライターの僅かな灯りだけを頼りにしていると、時折足元の重力が歪んでいくような目眩《めまい》に襲われる。

「く……そっ」

頭を振って意識を保つ。殺された坂居やまだ見つかっていない乾のためにも、こんな所で正気を失う訳にはいかなかった。


しばらくすると、やや開けた空間の場所へと出る。ライターを差し上げてみると、おそらく蝙蝠《こうもり》だろう、ばさばさと羽音を立てて天井から飛び立つ黒い影が見えた。

「ここは……」

足元には真っ黒な池が広がっていた。浸食が進んでいるのか、染み出した地下水が岩壁を伝い続けている。腕時計を確認すると、この洞窟に入ってからすでに二時間近くが経っていた。

池の縁にしゃがみ込み、痛みの残る腕の傷を湧き水で洗う。出血はしていたが、傷口はさほど深くはなさそうだった。

ひどく喉が乾いていたが、この黒い水を飲む気にはならなかった。

「この先は、いったいどこに……」

そう呟いて顔を上げたとき、ライターに照らされた岩壁に大きな影が揺らぐ。

驚いて振り向いた瞬間――、

後頭部に激しい痛みが走る。

「ぐ……」

視界が歪み、意識が遠のいていく。

その場に倒れ込む視界の片隅に見えたのは、仄かな光に照らされた何者かの泥だらけの足元だった。

天井から落ちてきた水滴が、頬に当たる。

濡れた岩の冷たい感触で、ようやく自分が地面に倒れていることに気付く。

「目、覚めたんか」

男の声が洞窟に響く。懐中電灯らしき眩い光に顔を照らされ、私は朦朧としながらも体を起こす。頭には鈍い痛みが残っていた。

「ちいっと小突いただけじゃ。仰々しゅう倒れおって」

突き出た岩の上に座っていたのは、昨日村で会った寛司という若い男だった。

「お前……」

「緊急措置っちゅうやつだ。こんな辛気臭い所で揉めとっても仕方ないからな。ましてや追い詰められて、こんなもん持っとる奴とはな」

男の手にはナイフが握られていた。慌てて上着のポケットをまさぐってみるが、やはり私のナイフは無かった。

身を強張らせる私に、男はナイフの刃をまじまじと見つめながら言う。

「あんた、良いもん持ってるな。都合がええ」

「……」

「そんな顔すんな。刺したりせん。俺は村の奴らとは違う」

男は片膝を立てて座り直すと、懐中電灯を脇に置く。

「そろそろ来ると思っとったよ。あんたまさか、自分がここまで逃げ遂《おお》せてきたとでも思っとるんじゃないよな」

「どういう……意味だ」

「あんたは誘い込まれたんよ、この洞穴に。追い込み猟と同じや。連中はこの辺の地形なんぞ目を瞑っててても分かるからな。あんたの動きくらい初めから把握しとるよ」

「……」

黙り込む私を見て、男はくぐもった笑い声を上げる。

「まあ、ええよ。あいつらもこの中までは追ってこん。ここは千咒峡に繋がっとるからな」

「千咒……峡？」

それは紅緒という娘に聞いた言葉だ。様子を窺う私を見て、男は無精髭を撫で付けながら言う。

「そう。名前の通り、千の咒いがある場所や言われとる。気色の悪い」

「……千の、咒い」

「ふん。なんで俺がここに居るんか、訊きたいみたいやな。ええよ、教えたる。あんたも村のしきたりのこと、知っとるやろ？」

「咒隠し……」

「そう。あれは別に余所の人間だけを標的にする訳じゃない。常に誰かを人柱にして、生贄の血を絶やさないようにするのが目的だ」

「じゃあ……」

ああ、と頷いた後、男は口の端を上げる。

「村に住む人間だって例外じゃない。要は信仰心の足りん者は、片っ端から吊るすっちゅうことだ。つまりそれが、俺ってことじゃ」

男は卑屈な声で笑うと、剥き出しになった岩肌に突然自分の頭を打ち付ける。

「俺ぁな、人からとやかく言われんのが大嫌えなんだ。咒いなんぞ虫酸が走る」

「じゃ、じゃあ。私と一緒にここから……」

だが男は拒絶するかのように首を横に振る。

「ふん、くだらん。逃げてどうするよ。どっかに隠れて咒いに怯えながら生きていて、何の価値がある」

「だが……」

説得しようとする私にもう一度首を横に振った後、男はくく、と含み笑いしながら立ち上がる。

「村の奴らにも、そいつにも思い知らせてやらんとな。誰もが思い通りにはならんってことをな」

「そいつ……？」

「ああ、そこに居るやろ。透かしたような顔で立っとる、赤い紅を塗った女が」

慌てて辺りを見渡すが、ここには私と男以外には誰も居なかった。

「まあ、ええ。あんたにもそのうち分かる」

「どういう……意味だ？」

だが男は私の質問には答えず、影になった洞の奥を見つめたままナイフを逆手に持ち替える。

「そろそろ時間や。目に物見せたるわ」

「な、何を……」

男は口の端を上げた後、突然ナイフを自分の左の手首に突き刺す。血管を突き破って噴き出した鮮血が、弧を描くように辺りに飛び散る。

「な、何をっ!?」

「ぐ……おお」

返り血で袖口がみるみるうちに真っ赤に染まっていく中、男は苦痛に顔を歪める。

「ぐ……この俺が、てめえなんぞにやられるかよ」

「や、やめろっ！」

「やかましいっ！　大声出すな！」

近付こうとする私を牽制し、男は引き抜いたナイフを再び手首に向かって突き立てる。刃先が骨に当たりゴリゴリと鈍い音を立てる中、男は骨の周りをえぐるように自分の肉を引き裂いていく。

「ぐ……おおお」

その場にうずくまった男の咆哮が、洞窟に響き渡る。すでに手首の皮膚と肉はこそげ落ち、白い骨が剥き出しになっていた。

「お、お前……」

「見……とけよ。祟りを返してやる。俺がてめえを永遠に呪い続けてやる」

男は闇の中に居る何者かを睨みつける。そしてべったりと血の付いたナイフを地面に落とすと、近くに落ちていたこぶし大の石を拾い上げる。

「ま……さか。やめろっ！」

だが私が叫ぶ間もなく、男は手にした石を手首に向けて一気に振り下ろす。

ゴッという鈍い音とともに、男の手首が奇妙な形に折れ曲がる。唸り声を上げながらも、男は割れて飛び出した骨を目掛けて何度も石を打ち付ける。

その度に、吹き出した血しぶきがその顔に飛び散っていく。

「う……」

私の喉の奥から、悲痛な声が上がる。

ゴッ。ゴッ。

男が石を振り下ろす度に、飛び散った血と肉片が岩壁を真っ赤に染めていく。

ようやく石を叩きつける音が止む。

血塗れになって立ち上がった男の手首は、伸びきった皮膚と何本かの筋でかろうじて繋がっているだけだった。ぼたぼたと血が地面に滴り続ける中、男は再びナイフを拾い上げ、垂れ下がっていた手首にその刃を当てる。

「や……やめろ。それ以上は……」

だが私の声を無視し、男は勢いよく自分の手首を掻っ切る。

肉塊と化した手首が、ぼとりと地面に落ちる。

「なんて、ことを……」

「へ……。くれて……やるわ」

男は切断した手首を拾い上げると、洞窟の奥に居る『誰か』に向かってそれを投げつける。血塗れになった手首が岩壁に当たり、血の痕を残して黒い池の中に落ちる。

「さすがに……もう無理じゃな。これは……痛え」

歯を食いしばった男が、その場にうずくまる。そして青褪めた私の方に向き直り、強張った笑みを浮かべる。

「どうせ俺もあんたもくたばるんだ。……ようけ見とけよ」

「これ以上……何を」

「何が……咒いじゃ。へ……ざまあ……みろや」

男はナイフを持つ手に力を込めると、一気にその刃を自分の喉に向けて突き刺す。動脈を引き裂かれた首すじから、手首のときとは比べ物にならないほどの鮮血が噴き出す。

血しぶきが辺りを真っ赤に染めていく中、ごぼっ、ごぼっという濁った音とともに、男の首から脈を打つ度に大量の血が溢れ出していく。

「う……あ」

私はただ愕然と、その様子を見つめていることしか出来なかった。

男の口からも、とめどなく血が溢れていく。

脈が弱くなるとともに首から吹き出す血の勢いが失われ、ついに男は力なくその場に崩れ落ちる。

地面に広がった血溜まりが足元にまで伝ってくるのを見て、私は傍らの懐中電灯を掴んで走り出す。

「う……あああああっ！」

漆黒の世界に、叫び声だけが響き渡る。

どこへ向かっているのかも、分からなかった。

ただ、体に染み付いてくるような血の臭いから逃れたかった。

＊

入り組んだ洞窟の中、重く湿気た空気が喉の奥に絡みついてくる。

いつまでも血の臭いがこびりついている気がして、何度も手で顔を拭う。男の壮絶な死を目の当たりにして、湧き上がってくるのは言いしれぬ恐怖だけだった。

飛び出た石に躓《つまず》いた拍子に懐中電灯が地面に落ち、金属質の音を立ててライトが消える。

「く……そっ」

慌てて拾い直すが、ガラスにひびの入った懐中電灯はチカチカと不規則に点滅する。

「つけ……つけって」

何度も懐中電灯を手で叩く。もしここで明かりを失ったら、待っているのは間違いなく死だ。

かろうじて光の灯った懐中電灯を握り締め、慎重に前に進む。

もう引き返すことは出来なかった。

ぬかるみに足を取られながらも、私はひたすら洞窟の先へと向かうしかなかった。


そのときふと、僅かだが冷たい空気の流れを頬に感じる。

息を止めて辺りを見渡すと、洞の前方から微かな風が流れ込んでいるのが分かった。

「風……」

一縷の希望を抱いて、人ひとりが横向きになってやっと通れるほどの道を進む。その先は岩の斜面になっていて、外界の明かりが光芒のように頭上から射し込んでいた。

「出られる……外に」

私は急いで岩場をよじ登り始める。

「早く……」

途中で手から滑った懐中電灯が岩場の下に落ちていったが、それを気にする余裕も無かった。

徐々に緩やかになる岩場を、息を切らせて駆け上がる。暗闇に慣れてしまった目には、仄かな外界の明かりでさえも眩く感じた。

かろうじて洞の出口に辿り着いた私は、傍らの岩に手を掛けたまま膝をつく。ようやく漆黒の空間から解放され、全身の力が抜けていくようだった。


だが顔を上げると、ぼんやりと霞む景色の中に人影が佇んでいるのが見えた。

長い髪を靡かせて私を待っていたのは、あの紅緒という少女だった。

「君は……」

「……」

少女は何も言わず、振り返って出口の先へと歩き始める。後に続くと、周囲には白い霧とひんやりとした空気が立ち込めていた。

「ここは……」

訊ねる私に、少女は静かに告げる。

「……千咒峡《せんじゅきょう》」

そこは深い霧が覆う、切り立った峡谷だった。

崖下を覗き込むと、白い霧の向こうに川が流れているのが分かった。崖の高さはおそらく百メートル以上あるだろう。少しでも足を踏み外せば、間違いなく命はない。


そのとき、僅かな地面の揺れとともに、洞窟の中からズウン、と重い音が響いてくる。

「あれは……」

「村人たちが洞の入口を岩で塞いでいる。あなたがもう、村に戻れないように」

「しかし、君だって……」

そう言い掛けた私の方を振り返り、少女はどこか空虚な眼差しを浮かべる。

「私はまた生まれ変わる。あの村を見張るために」

「君は、いったい……」

朱色の紅を塗った唇を指先でそっと撫でて、彼女は告げる。

「私は、人身御供《ひとみごくう》になった紅緋の使者」

「使者？」

「そう。村には数年に一度、首の周りに赤い痣《あざ》のある娘が生まれてくる。まるで首をくくられたように」

そう言うと、少女は赤い着物の襟を引いて首すじを私に見せる。そこには確かに赤黒い線のような痣があった。

「この痣を持つ娘は、紅緋の生まれ変わりだと信じられている。そして一生涯、村から離れることもなく、村人たちを監視するためだけに生き続けるの」

崖の縁に立つ少女の長い髪を、崖下から吹き上げてきた風が緩やかに揺らしていく。

懐かしむように遠くを眺めたまま、彼女は静かに口を開く。

「あの人も、ここに来たわ」

「……乾のことか？」

「そう。あの人も村の生贄の儀式を知った。そしてあなたと同じように、この千咒峡へと辿り着いた」

「じゃああいつは……乾は、どうなったんだ」

訊ねる私に、少女は僅かに目を細めて崖沿いに続く細長い道を指差す。

「あの人は、ここから行ってしまった」

「この道を……」

濃い霧で、道の先には何も見えなかった。

少し寂しげな表情で霧の向こう側を見つたまま、少女が言う。

「千咒峡を出る道はない。彼が今もこの峡谷を彷徨っているのか……、それは誰にも分からない」

「乾……」


数歩ほど細い道を進んで振り返ると、崖際に立った少女の手にはいつの間にか一本の縄が握られていた。その縄が突き出た斜面の岩に結わえ付けられているのを見た瞬間、私の脳裏に首をくくられた生贄たちの姿が過ぎる。

「な、何を……」

戸惑う私を見て、少女は輪になった縄の先を自分の首に掛ける。

「私の役目は、あなたを千咒峡に導くこと。それが叶えられた以上、私はもうここに留まることは出来ない。千咒峡は、紅緋だけが棲むことを許された場所だから」

「ま、待ってくれ。君は初めて会ったとき、私に言ったじゃないか。引き返せ、と。私をここまで連れてくるのが目的なら、あんな警告をする必要はなかったはずだ」

「……」

崖から歩を踏み出そうとした少女の足が、止まる。それを見て、私はゆっくりと彼女に近付いていく。

「君は紅緋の生まれ変わりなんかじゃない。君は仁和紅緒という、ひとりの人間だ。どこにでも居る普通の女の子だ。咒いや柵《しがらみ》に囚われずに生きることだって、君ならきっと出来る。生贄になる必要なんてないんだ。だから……」

崖の縁に立つ彼女に、私は手を差し出す。

「頼む。頼むから……もうこれ以上、血を流さないでくれ」

「……」

少女は静かに私の方を振り返る。その瞳が、僅かに潤んでいた。

そして彼女は、これまで見せたことのない子供らしい笑みを私に向ける。

「ありがとう。そんなことを言ってくれたのは、あなたが初めてだった」

「……紅緒」

「でも、もう遅かったの。あの人はもう、すぐ傍まで来ている」

「あの人……紅緋のことか」

辺りを見渡すが、人の気配はなかった。だが紅緒は洞窟の中での寛司と同じようにそこに居るはずのない誰かに視線を送ると、再び崖の方に向き直る。

「そう。あの人はいつも私たちを見張っている。底のない黒い瞳で、生贄をじっと見つめたまま」

「そんな、こと……」

「誰もあの人の咒いから逃れることは出来ない。私も……あなたも」


悲しげに空を見上げる彼女の髪が、風に靡いていく。私は悲痛に顔を歪めながら、大きく広げた両手を差し出す。

「やめろ……やめてくれ。この手に、私の手に掴まってくれ」

「……ごめんなさい」

静かに告げると、紅緒は目を閉じる。

「あの人が……待っている」

そう言い残した彼女の体が、谷底へ向かってゆっくりと倒れていく。

「紅緒っ！」

駆け寄って伸ばした私の手をすり抜け、少女は崖から落ちていく。

最後に一瞬だけ見えたのは、宙に舞う彼女の柔らかい微笑みだった。

その瞬間、岩に結わえられていた縄が音を立てて張り詰める。だがそのすぐ後、反発するかのように緩んだ縄が左右に揺れ、何かが地面に激突するような鈍い音が峡谷に響き渡る。

「う……あああっ！」

地面に膝をついて、急いで縄を引き上げる。だが緩みきった縄には、何の重みも感じられなかった。

引き上げた縄の輪の部分に、生温かい血がべっとりと付いていた。

「そ、そんな……」

身を乗り出して谷底を覗き込むと、うっすらと霞んだ崖の途中に……、
縄で切断されたばかりの紅緒の首と胴体が、落ちていた。

真っ赤な血溜まりの中、長い髪をした頭がごろりと転がり、鮮血に塗れた彼女の瞳が私の方を見上げる。

「……紅、緒」

私は力なくその場に崩れ落ちる。

真っ白い霧に混じって、彼女の血の臭いが辺りを漂い続けていた。

＊

紅緒を失った私は、真っ白な霧の包む峡谷を当て所なく彷徨い続けた。

何時間、いや、何日が経ったのかも分からない。

野指村に関わった人たちの死を目の当たりにしても、私は誰ひとり救うことが出来なかった。

ぼんやりと霞む空を見上げる。

濃い霧に覆われた千咒峡には陽の光さえも届かず、今が昼か夜なのかも分からなかった。

目の前に広がるのは、見渡す限り白い靄の覆う幻のような世界だった。

「……」

冷たい汗が背中を伝う。ひどく喉が渇いていた。

ただ迷宮のように変わりのない風景だけが、私をさらに深い霧の中に誘っていく。

崖から足を踏み外しそうになり、慌てて腰をつく。眼下の深い峡谷にぱらぱらと落ちていく石の欠片を見つめ、激しく頭を振る。

「しっかりしろ。俺はまだ……生きてるんだ」

地面の乾いた砂を手ですくって顔に押し付ける。ざらついた粒子の感覚で、微かに神経が呼び起こされた気がした。

土埃に塗れた顔を上げると、白く霞んだ道の先に何かが見える。

「あれ……は」

立ち上がり、ゆっくりと近付いていく。

それは、岩肌にもたれ掛かるように座る白骨死体だった。シャツと黒いズボンを身に着けたその死体は、頭蓋骨をうなだれた状態で息絶えていた。

その様子を調べてみると、骨だけになった手が何かを握り締めていることに気付く。

死体の指を開いて、それを取り出す。

プラスチックの黒くコーティングされた胴軸に、消えかけた大学卒業記念の文字。

それは、乾が借りていった私の万年筆だった。

「い……乾」

乾ききった亡骸と向き合ったまま、がくりと膝をつく。

深夜にキーボードを叩き続ける私のデスクに、取材を終えた乾はいつもと同じように気安い笑顔を浮かべて立ち寄ってきた。

「相変わらず地道だな、真面目というか根気強いというか」

「地味だって言いたいんだろ。これが性分なもんでな」

椅子の背もたれに寄り掛かって煙草を咥える私に、乾は眉を上げて言う。

「ここの社屋、全館禁煙だろ」

「夜中は良いんだよ、どうせ誰も居やしない」

引き出しから取り出した灰皿を机の上に置く私を見て、乾は苦笑いを浮かべる。

「サラリーマン記者の、ちょっとした息抜きって所か」

「放っておけ。こっちはお前みたいに身軽じゃないんだよ」

クリップ留めした原稿の束を捲る私の机の上から、乾は一本の万年筆を拾い上げる。

「まだこんなもん使ってたのか。大学の卒業記念品だろ」

「使いやすいんだよ。返せって」

私は手を伸ばすが、乾はおどけるように万年筆を振った後、それを自分のシャツの胸ポケットへと入れる。

「こいつ、借りてくよ。ちょっとばかし面白いヤマがあってな。お守り代わりだ」

「自分のがあるだろうが」

「あいにく俺は万年筆なんてレトロな趣味は無いもんでな。取材はモバイル端末とスマホで充分」

「ふん。それで面白いヤマってのは？」

「そいつはコンフィデンシャルだ。帰ってきたら教えてやるよ」

ポケットの中の万年筆をぽんぽんと手で叩くと、乾は気取った仕草で片手を上げて編集部から出ていく。

それが生きた乾と会う最後になろうとは、あのときの私は思ってもいなかった。


「乾……」

その肩に手を掛ける。だが白骨化した死体は音もなく崩れ落ち、粉々になった白い欠片が風に散っていく。

もしかすると乾は、私がここまで探しに来ると分かっていたのかもしれない。だからこそ最期の瞬間まで記者として万年筆を握り締め、私に野指村の……千咒峡の秘密を託そうとしたのだ。

「乾……お前」

手の中から飛び散っていく乾の骨を握り締め、私はその場に座り込む。

これで、全ての望みは断ち切られてしまった。坂居を、紅緒を、そして乾までも失ってしまった私には、もう何も残っていなかった。

力なく岩に寄り掛かる。腕時計は壊れてしまったのか、針は止まったままだった。

もう、歩き続ける気力もなかった。

乾と同じように、ここで朽ち果てるのだと思った。

千咒峡という閉ざされた空間にあるのは、立ち込める白い霧と果てしない静寂、そして頭上から照らす仄かな明かりだけだった。

深い霧の中、谷底から吹き上がってきた風が音叉のように耳の奥に鳴り響いていく。その風の音に混じり、どこからか私の名前を呼ぶ声が聞こえた気がした。

顔を上げると、うっすらと霞む景色の向こうに人影が見えた。

「……誰、だ？」

霧の中を、いや、霧を身に纏うように立った人影が、ゆっくりと音もなく近付いてくる。

それは……古めかしい白い着物を着た一人の女だった。

透けるように白い肌をした女が、長い黒髪の奥に隠れた黒い瞳でじっと私を見つめていた。

「お前……は」

次第に女の姿がはっきりとしてくるにつれ、その手に握られているものに息を飲む。

女の手に髪を掴まれてぶら下がっていたのは……血塗れになった紅緒の生首だった。

「紅……緒」

女が手を放すと、ごと、と音を立ててその頭部が地面に落ちる。先程まで私に微笑みかけてくれていた紅緒は、すでに表情を失った肉塊と化していた。

「どうして……こんなことを」

呟く私を、女は黒い瞳で見つめる。長い髪が風に靡き、その表情が露わになる。

ぞっとするほど、美しい顔立ちだった。

その姿を見たことはなくとも、私には女が誰なのか分かった。

古びた白装束、凍てつくような眼差し、そして……紅緒と同じように赤い痣の残る首すじ。

「紅……緋」

全ての咒いの元凶である女が……今、目の前に佇んでいた。

その黒い瞳に、私は射抜かれたように身じろぎすることさえ出来なかった。

おそらく洞窟の中で寛司が見ていたのは、この紅緋の姿に違いなかった。だからこそ寛司は、紅緋の咒いにあう前に自分で首に刃を突き立てたのだ。

紅緋は紅緒の血が付いた白い手を、ゆっくりと私の方へと伸ばしてくる。

「……」

この千咒峡に……いや、野指村を訪れた時点で、私の運命は決まっていたのだろう。たとえどれほど足掻こうと。

洞窟の中で寛司の告げた言葉が、頭を過ぎる。

――咒いに怯えながら生きていて、何の価値がある。

「そうかも……しれないな」

私の頬に、紅緋の冷たい手が触れる。その細い指が首すじへと移っていくにつれ、指に付いた血が私の首に赤い線を残していく。

紅緋は身を屈めると、そっと私の体を抱きしめてくる。

その長い黒髪が、さらさらと私の頬を擦っていく。
「紅緋……」
彼女は美しい黒い瞳で私を真っ直ぐに見据えると、ゆっくりと顔を近付け……、
そして、ただ静かに、私に口づけをする。

村の人柱となった紅緋は、生きたまま鳥に皮膚を剥がれ、肉をえぐられ、臓器を喰われていった。

彼女は腐り果てていく自分の体を見つめながら、それでもなお生き続けたいと望んだに違いない。

だがそれが叶えられないと分かった時、彼女は身代わりとなる命を欲した。誰かの命が自分と同じように晒され失われていく瞬間にだけ、彼女は儚《はかな》くも愛おしい生命の息吹に触れることが出来たのだ。

たとえそれが、永遠に満たされることのない望みだとしても。

口づけする紅緋の目から、赤い涙がつたう。

私は紅緋の頬に手を当て、その涙に触れる。赤い雫が私の手を伝い、流れ落ちていく。

だがそのとき――、
私の体をきつく抱きしめた彼女の体が……次第に溶け出していく。

「紅……緋」

「助け……て……」

初めて彼女は口を開く。だがそう告げた顔の皮膚は剥がれ、剥き出しになった赤い肉がずるりと骨から削げ落ちる。鮮血が白装束を赤く染めていく中、紅緋の眼球が、脳が、内蔵が……溶け出すたびに私の全身に浴びせられていく。

その生温かい血肉が、私の中に入ってくるような気がした。

「紅緋……」

朽ち果てていく彼女の血肉に塗れながら、私は半ば白骨と化した彼女の体を抱きしめる。

永遠に閉ざされたこの千咒峡という世界で、
立ち込める白い霧と血の匂いの中で、

私は意識が絶ち消えるまで、ずっと……、

血に塗れた紅緋の体を抱き続けた。

＊

うっすらと目を開けたとき、視界に映ったのは灰色の天井だった。

無機質に煌々と灯る照明をぼんやりと見つめていると、聞き覚えのある声が聞こえてくる。

「気分はどうだ？」

ぶっきらぼうだがどこか懐かしい声だった。首を傾けると、ベッドの脇に座っていたのは編集長の国代だった。

「国代さん……」

「あまり動かん方がいい。絶対安静だ」

私の腕には点滴が刺さっていた。点滴の瓶から滴る透明な液体を見つめながら、かさついた声でぽつりと呟く。

「私は……助かったんですか？」

「危ない所だった。衰弱しきってたからな。医者によると、もう少しでも発見が遅れたら間に合わなかったらしい」

「どこで……私は？」

「切り立った崖のある峡谷だ。お前は崖に沿った道の途中で倒れていた」

「……」

横になったまま自分の手を眺めてみるが、紅緋の血の痕は残っていなかった。

そんな私を見つめながら、国代はベッド脇の小机に置かれていたスマホを手に取る。

「つい二、三日前、お前の持っていたこいつのＧＰＳが察知されてな。警察の捜索隊が出されたんだ」

「私の……？」

「ああ。一年間も見つからなかったのに、突然居場所を知らせるように電源が入ったらしい。お前が見つかった渓谷の近くの、廃村になった場所だ」

「一年、間……？」


国代が何を言っているのか、分からなかった。

事態を察していない私を見て、国代は壁に貼られたカレンダーを指差す。月は同じだが、西暦が一年進んでいた。

「ちょ、ちょっと……待ってください」

慌てて体を起こす私を押し留めて、国代が言う。

「記憶が混乱してるのかもしれんが、お前と坂居が居なくなったのは一年前のことだ。ちょうど一年前、お前と坂居は林の中に車を残して行方不明になったんだよ」

「一年……前」

「ああ。車の中に大量の血痕が残されてたからな。事件性が高いってことで当時は近くの山の大規模な捜索が行われたんだがな。結局、お前も坂居も見つからなかった」

「じゃあ……坂居は？」

国代は首を横に振る。

「まだ見つかってない。残念だが」

「いえ……あの村、野指村に坂居の死体はあるはずです。あいつはそこで……」

「野指村……か」

国代は困ったように人指し指で頭を掻く。

「野指村は十年ほど前に廃村になってる。お前たちが失踪してから、もちろんその場所の捜索も行われた。だがもう誰も住んでいない所だからな。遺留品は何も見つからなかった」

「……そ、んな」

「お前の携帯が残されていたのは、神社の境内だ。確か……野指神社だったか。もちろんそこも今は廃墟だがな」

「……野指村が」

茫然とする私に、再び椅子に座り直した国代が言う。

「俺もさすがに、お前の出した企画書の村自体が廃村になってたとは思いもしなかったよ。でも確かにあの村、昔は周りの集落から『野晒し村』と呼ばれていたらしいな。何でも人柱の風習があったとかで」

「やはり……」

「野指村という名称も、その名残りだと言われてる。もちろん『野晒し村』ってのは、多少侮蔑的な意味も含んでるんだがな」

「じゃあ……」

何体もの死体が吊り下げられていた沢のことや、洞窟の中で自分の首を切った寛司の死体についても聞いてみたが、国代は同じように首を横に振るだけだった。

「俺もあの山の捜索に同行したんだが、滝のあった場所自体、今はほとんど干乾びて沢にも水は流れていなかった。お前の言う洞窟も、岩崩れで人が入れるような状態じゃなかった」

「……」

私は言葉を失う。

国代の言うことが確かだとすれば、私が立ち入ったあの野指村の光景は、いったい何だったというのだろうか。だが坂居のカメラも壊され、当時の取材記録らしき証拠が何も残っていない以上、私の言うことに信憑性は無いと思われても仕方がなかった。

全てが……幻だったとでもいうのだろうか。

「そんな……こと」

青褪めたままうなだれる私に、国代はポケットからビニールの小袋を取り出す。

「発見されたとき、お前が持っていたものだ」

「これは……」

ベッドの上に置かれたのは、錆びかけた一本の万年筆だった。

「お前の倒れていた近くで、乾の白骨死体が見つかった。死因は分かっていないが」

「乾の……」

「ああ。おそらく奴も道に迷って遭難したんだろう。気の毒なことをした」

滅入った表情で立ち上がった国代が病室の窓を開けると、見慣れない建物の建ち並ぶ向こうに幾重にも連なった山の端が見えた。おそらく野指村の近くの町の病院なのだろう。

私は万年筆を握り締めたまま、訊ねる。

「国代さん。私が見つかった峡谷に……霧は立ち込めていましたか？」

国代は不思議そうな顔をして答える。

「いや、晴れ渡ってたよ。良い天気だった。不謹慎かもしれんが、絶壁の間を川が流れる風景は絶景だった。ただ……」

「ただ？」

「後から地元の人間に聞いても、場所がはっきりせんのだ。元々人の立ち入るような場所じゃないらしくてな。昔あの辺りで猟師をやってた老人に聞いたんだが、あの峡谷で行方不明になった人間が見つかるのは、奇跡だと言われたよ」

「……」

「霧がどうかしたのか？」

訊ね返す国代に、私は首を横に振る。

すでにあの峡谷は、霧の立ち込める元の姿を取り戻しているのだろう。立ち入る人間を迷わせる、あの閉ざされた白い世界に。

「千咒……峡」

窓から見える淡い色をした空を見上げ、私は呟く。

開け放った窓から吹き込んでくる少し肌寒い風が、レースのカーテンを揺らし続ける。

その向こう側に、霧が稜線に霞む山の姿が見えた。

＊

私は今、薄暗い病院の個室で、この手記を書いている。

野指村は十年ほど前に廃村になり、今は誰も住んでいない。村の跡には崩れかけた廃屋が数軒残っているだけだという。

白骨化した乾の死体は発見されたが、カメラマンの坂居は未だに見つかっていない。

そして私は、現実の時間で一年間もあの千咒峡を彷徨っていたことになる。壊れた腕時計の針は、私が経験したあの日から止まったままだ。

首すじを触ると、そこには赤い線の痣が残っている。

それが紅緒の言った千咒峡の咒いなのか、本当の咒隠しだったのか、私には分からない。ただ間違いなく言えるのは、あの場所を訪れた人間が、祟りに似た不可解な失踪を遂げたということだけだ。

乾の残してくれたこの万年筆で、今も私は書き続けている。
卓上スタンドの光だけが照らす病室で、ふと辺りを見渡す。
目覚めてから、ずっとその視線を感じている。
暗闇の中、影に潜んで私のことを見つめている彼女の視線を。

私は思う。
自分だけが生還できたのは、きっと何かの意味があるのだろう、と。
あの咒われた土地のことを伝え続けるための語り部として、野晒しにされた村のことを世に知らしめるための生きた人柱として、
彼女……紅緋は、私をこの世界に戻したのだ。

この手記を読んで信じるかどうかは、あなた自身に委ねられている。

だが、私は確かに感じている。
あの忘れ去られた場所で、地図にないあの場所で――、
呪いは、まだ続いている。

（終）

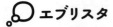

禁足怪談 野晒し村

2018年7月28日　初版第1刷発行

著者　湧田 束
三石メガネ
三塚 章
１０４（トシ）
カバー　橋元浩明（sowhat.Inc）
発行人　後藤明信
発行所　株式会社　竹書房
〒102-0072　東京都千代田区飯田橋2-7-3
電話 03-3264-1576（代表）
電話 03-3234-6208（編集）
http://www.takeshobo.co.jp
印刷所　中央精版印刷株式会社

ISBN978-4-8019-1538-1 C0176